HEYNE
BÜCHER

Das Buch

Jenny hat Glück. Sie bekommt einen Job als Babysitterin. Das Geld kann sie gut gebrauchen, und der kleine Donny ist ein netter Junge. Doch als sie zum ersten Mal in das alte, unheimliche Haus der Hagens kommt, spürt sie, dass etwas nicht stimmt. Sie hört seltsame Geräusche, und ein merkwürdiger Nachbar schleicht im Dunkeln im Garten herum. Noch dazu wird sie durch anonyme Anrufe bedroht. Sind es nur die üblen Scherze von Chuck, dem Klassenclown? Oder steckt jener Unbekannte dahinter, der schon mehrere Babysitterinnen brutal überfallen hat?

Der Autor

Robert Lawrence Stine wurde 1943 in Columbus/Ohio geboren. Bereits mit neun Jahren entdeckte er seine Liebe zum Schreiben. Zunächst arbeitete er an TV-Serien und Abenteuergeschichten, seit 1986 aber widmet er sich nur noch dem Horror. Seine »Gänsehaut«-Romane und die Serie »Fear Street« lehrten Millionen Jugendlichen das Fürchten. Laut der Zeitung *USA Today* war R. L. Stine damit 1999 der erfolgreichste Kinderbuchautor aller Zeiten. Heute lebt er mit seiner Frau Jane und seinem Sohn Matt unweit des Central Park in New York.

R. L. STINE

DIE BABYSITTERIN

Roman

Aus dem Amerikanischen
von Marion Koppelmann

WILHELM HEYNE VERLAG
MÜNCHEN

HEYNE ALLGEMEINE REIHE
Nr. 01/13393

Titel der Originalausgabe
THE BABY-SITTER

Umwelthinweis:
Dieses Buch wurde auf
chlor- und säurefreiem Papier gedruckt.

Deutsche Erstausgabe 06/2001

Published by arrangement with Scholastic Inc.

Printed in Germany 2001
Umschlagillustration: Richard Newton/Agentur Schlück
Umschlaggestaltung: Hauptmann und Kampa Werbeagentur, CH-Zug
Satz: (3536) IBV Satz- und Datentechnik GmbH, Berlin
Druck und Bindung: Elsnerdruck, Berlin

ISBN 3-453-18997-3

http://www.heyne.de

1.

Jenny betrachtete eingehend ihr Spiegelbild in der dunklen Scheibe des Linienbusses, während dieser zunächst quietschend um eine Kurve und dann weiter Richtung North Road fuhr. Dunkle Häuser und Bäume huschten an ihr vorbei. Gelegentlich spiegelte sich das Licht einer Straßenlaterne in ihren großen dunklen Augen. Ihr gefiel, was sie da in der Scheibe sah. Anders als im Spiegel zu Hause wirkte ihr Gesicht jetzt irgendwie cool und geheimnisvoll.

Während sie auf ein Stoppschild zufuhren, verlangsamte der Busfahrer die Geschwindigkeit.

Was war denn da gerade über die Straße gesprungen? Etwa ein Reh? Aber nein, das war kein Tier. Da lag nur ein großer Stein. *Jetzt fang bloß nicht an, Gespenster zu sehen!* dachte Jenny und lächelte insgeheim über ihre lebendige Fantasie. Damit versuchte sie sich die Welt immer interessanter zu machen, als sie in Wirklichkeit war.

»He, Jenny!«, holte sie da die Stimme ihrer Freundin Laura in die Wirklichkeit zurück. »Ich glaube, du hast kein Wort von dem verstanden, was ich dir gerade eben erzählt habe!«

Schnell wandte sich Jenny vom Fenster ab und lächelte ihrer Freundin schuldbewusst zu, die neben ihr auf der Bank hinten im Bus saß. Laura hatte wieder einmal ohne Punkt und Komma geredet, und Jennys Gedanken waren abgedriftet und hatten sie Lauras Geplapper beinah vergessen lassen. »Tut mir Leid. Ich bin wahrscheinlich nur ein bisschen aufgeregt. Nett von dir, mich ein Stück zu begleiten.«

»Keine Ursache«, erwiderte Laura. »Erzähl mir lieber, warum du so nervös bist. Schließlich ist das heute Abend nicht dein erster Babysitter-Job.«

»Ach, ich weiß auch nicht. Wahrscheinlich, weil ich die Leute noch nicht richtig kenne und auch die Umgebung neu für mich ist. Da gibt es eine Menge, worüber ich mir Sorgen machen könnte, wenn ich mich nur ein bisschen mehr damit befassen würde.«

Das hatte eigentlich ein Scherz sein sollen, aber Laura lachte nicht. Die beiden waren nun schon so lange Freundinnen, dass sie sich nicht mehr über die Witze der anderen auszuschütten brauchten.

Jenny warf einen Blick auf ihre Baby-G. Schon zehn nach sieben. Sie wollte an ihrem ersten Abend nicht zu spät kommen. In diesem Augenblick fuhr der Bus durch ein riesiges Schlagloch, und die beiden Mädchen hätte es fast von der rutschigen Rückbank geworfen. Jenny beugte sich nach vorn, um ihren Rucksack wieder aufzuheben, der dabei heruntergefallen war.

In gewisser Weise hatte sie das Gefühl, sich für ihre Nervosität entschuldigen zu müssen. »Vielleicht ist das Kind auch ein Ungeheuer oder seine Eltern sind irgendwie komisch. Vielleicht gehören sie irgendeiner Sekte an, und wenn ich dahinterkomme, sperren sie mich im Keller ein und lassen mich nie wieder raus, damit ich keinem davon erzähle. Oder in dem Haus spukt's. Womöglich ist auf dem Dachboden der Geist eines toten Mädchens gefangen, und ich lasse ihn aus Versehen raus. Dann nimmt er meinen Körper in Besitz, und ich bin danach gar nicht mehr ich.«

»Das ist wirklich *äußerst* unwahrscheinlich«, meinte Laura gedehnt, der Jennys lebhafte Vorstellungskraft nichts Neues war. Sie machte nicht einmal mehr spöttische Bemerkungen darüber. Wozu auch? Man konnte Jenny sowieso nicht davon abhalten, sich ständig dieses verrückte Zeug zusammenzufantasieren.

»He, ist das nicht Bob Tanner!«, rief Laura plötzlich und zeigte aus dem Fenster.

»Wo?« »Da vorne. Der Typ, der im Dunkeln das Laub zusammenfegt!« Laura beugte sich über Jenny hinweg und versuchte, das Busfenster hochzuschieben. Doch es klemmte, und sie bekam es nur einen Spaltbreit auf. »He, Bob! Bob! Hallo!«, schrie sie durch die schmale Öffnung.

Jenny sah unterdessen nach vorn, um festzustellen, ob sich die anderen drei Fahrgäste bereits zu ihnen umgedreht hatten. Natürlich.

»He, Bob! Sieh doch mal her! Hallo! Bob!«, rief Laura immer noch viel zu laut, und Jenny überlegte, warum ihre Freundin sie eigentlich immer in Verlegenheit bringen musste.

Ganz einfach: weil sie Laura war. Ihr war es völlig egal, was die anderen dachten. Sie machte immer, wozu sie gerade Lust hatte. Jenny wünschte, sie wäre ein bisschen mehr wie ihre Freundin – weniger nachdenklich und schüchtern, dafür spontaner. Nachdem sie so viel Zeit miteinander verbrachten, musste doch irgendwann etwas von Lauras Mut auf sie abfärben. Aber bisher war das nicht geschehen.

Manchmal wünschte sich Jenny auch, wie Laura auszusehen. Ihre Freundin wirkte so zierlich und vollkommen. Sie war die Kleinste in der Mittelstufe, aber das war kein Nachteil, denn sie war gleichzeitig auch die hübscheste. Sie hatte das Gesicht eines Fotomodells und lockiges, strohblondes Haar, das ihr wie ein Wasserfall über die Schultern fiel. Sie besaß himmelblaue Augen, eine helle, zarte Haut und einen winzigen, herzförmigen Mund.

Es verstand sich von selbst, dass Laura auch bei den Jungen sehr beliebt war. Wenn sie wollte, konnte sie jeden Abend mit einem anderen ausgehen – und meistens wollte sie!

Neben ihr fühlte sich Jenny schrecklich blass und nichts sagend. Sie war beinah einen Kopf größer als Laura – also guter Durchschnitt –, hatte aber immer noch einen sehr kindlichen Körper. Das dunkelbraune Haar trug sie schulterlang und am Pony seitlich abgestuft. Die Frisur hatte sie sich vom Cover-Girl einer Mädchenzeitung abgeguckt. Außerdem verfügte sie über große, ernst blickende Augen, eine lange gerade Nase – die ihre Mutter immer als ihr ganz großes Plus bezeichnete! – und einen Schmollmund.

»Du solltest dich nicht immer so runtermachen, Jenny«, hatte Laura einmal zu ihr gesagt. »Du siehst aus wie Jennifer Lopez.«

»So'n Quatsch!«, hatte Jenny geantwortet und war gleich nach Hause gerannt, um im Spiegel zu überprüfen, ob ihre Freundin Recht hatte. *Laura ist ja total verrückt!*, hatte sie sich dabei gesagt, war aber gleichzeitig auch geschmeichelt.

»Hallo, Bob!«, rief Laura jetzt wieder. »*Hier* bin ich!«

Als der Bus weiterfuhr, sah der Junge auf. Es war nicht Bob Tanner. Er sah ihm nicht einmal ähnlich.

Laura ließ sich wieder auf ihren Sitz fallen, duckte sich und lachte. »Macht nicht's. Ich kann Bob Tanner sowieso nicht leiden. Er ist ein Idiot.«

»Was? Wieso das denn?«, wollte Jenny jetzt doch wissen und sah dabei wieder auf die Uhr. Viertel nach sieben.

»Er denkt, er wär cool, nur weil er so 'n langer Lulatsch ist«, erklärte Laura, die großen Leuten immer unterstellte, sich wegen ihrer Körpergröße für etwas Besseres zu halten. »He, wieso verteidigst du ihn überhaupt, Jenny? Ich dachte, du stehst mehr auf Chuck.«

Darauf war Jenny nicht vorbereitet. Sie hatte zwar schon viel über Chuck nachgedacht, war aber noch zu keinem Ergebnis gekommen.

»Ach, ich weiß auch nicht«, sagte sie schließlich unschlüssig. »Er macht immer den Clown.«

»Ich find ihn witzig«, erklärte Laura.

»Ja, er ist eine echte Stimmungskanone«, musste Jenny ihr Recht geben, obwohl Chuck ihr damit manchmal auf die Nerven fiel.

»Hast du ihn heute in der Cafeteria gesehen, als er sich das Spiegelei auf die Augen gelegt hat? Das war der totale Knaller.«

»Wenn ich mit ihm gehen würde, wäre ich wahrscheinlich vor Scham gestorben«, entgegnete Jenny, der es schon peinlich war, nur daran zu denken, wie Chuck immer alles durch den Kakao ziehen musste.

Aber Laura ging überhaupt nicht auf Jennys negative Bemerkung ein, sondern fragte: »Hast du ihn das Gummihuhn in Bio sezieren sehen? Ich dachte schon, Mr. Holstrom würde jeden Augenblick ausrasten!«

»Am schlimmsten war es an dem Tag, als wir die Vertretung für die McNally hatten«, erinnerte sich Jenny kopfschüttelnd. »Chuck hat der armen Aushilfslehrerin vorgemacht, taub zu sein, und dann hat er die ganze Zeit mit ihr in dieser schrecklich falschen Zeichensprache geredet. Vor Lachen lagen alle am Boden. Und die Frau wusste überhaupt nicht, was los war. Sie hat mir so Leid getan.«

Chuck war erst seit wenigen Wochen an der Harrison Highschool, hatte aber schon jetzt den Ruf eines Klassenclowns weg. Eines Nachmittags war er nach dem Unterricht zu Jenny ans Schließfach gekommen, um sie zu fragen, ob sie nicht irgendwann einmal mit ihm was trinken gehen wollte. Jenny war ganz erschrocken gewesen. Sie hatte bisher noch nicht einmal richtig mit Chuck gesprochen – außer einem Hallo in den Gängen oder vor Bio. Aus diesem Grund hatte sie sich damit herausgeredet, so viel lernen zu müssen.

Seitdem stellte sie sich öfters die Frage, warum sie bloß so zögernd reagiert hatte. Weil sie nie etwas spontan tun konnte? Weil sie sich lieber erst einmal ihre Gedanken machte, bevor sie etwas tatsächlich ausprobierte? Oder weil sie es generell vorzog, sich Sachen nur auszumalen, anstatt sie zu tun? Nein, sie war einfach nur vorsichtig, das war alles.

Warum sollte sie auch mit so einem Kasper ausgehen? Wahrscheinlich würde er den ganzen Abend nur angeben und versuchen, witzig zu sein. Wie langweilig! Andererseits …

»Wenn er mich noch einmal fragt«, sagte Jenny schließlich zu Laura, »gehe ich vielleicht doch mit ihm aus.«

Wieder warf sie einen Blick auf die Uhr und schüttelte ungeduldig den Kopf, bevor sie erneut zum Fenster hinaussah – auf einen über und über mit Laub bedeckten Rasenvorplatz. Die großen Eichen und Ahornbäume, die das Grundstück umsäumten, hatten schon fast keine Blätter mehr. In ein paar Wochen war es Winter.

»Du wirst für diese Leute also zweimal in der Woche babysitten?«, fragte Laura.

»Ja, donnerstags und samstags.«

»Wie bist du eigentlich an den Job gekommen?«

»Reiner Zufall. Ehrlich! Ich war letzten Samstag mit meiner Cousine Melanie im Einkaufszentrum. Wir sind da nur so rumgehangen und wollten nichts kaufen, oder so. Dann ist mir dieser kleine Junge aufgefallen. Er war eigentlich nicht zu übersehen. Mit seinen extrem hellblonden Haaren, fast weiß, superglatt und glänzend, sah er aus wie ein Junge aus einem Werbespot. Mit großen blauen Augen – so groß, dass sie irgendwie gar nicht echt aussahen –, und Pausbäckchen, wie gemalt.

Er war ganz allein und spielte in der Nähe des Springbrunnens. Als sein Spielzeugpanzer ins Wasser fiel, wollte er hinterherklettern. Er schien allein zu sein, und so habe ich ihm zugerufen, das sein zu lassen. Aber er hat überhaupt nicht auf mich geachtet. Da bin ich so schnell hingerannt wie ich konnte und habe ihn gerade noch bei den Schultern erwischt, habe ihn hochgezogen und übers Geländer gehoben. Am Anfang war er stinksauer, weil ich ihn davon abgehalten hatte, nach seinem Panzer zu tauchen. Aber als ich ihn dann rausgeholt hab', war der Kleine happy, hat sich schließlich sogar bei mir bedankt und gesagt, dass er Donny heißt. Auf meine Frage nach seinen Eltern, hat er nur mit den Schultern gezuckt. Anscheinend war es ihm egal, wo sie waren. Er hat mir erzählt, er wäre sechs Jahre alt, und er schien mir ziemlich aufgeweckt für sein Alter.«

»Heutzutage sind die Kinder sowieso viel weiter«, erklärte Laura. »Mein Cousin Eddie ist erst vier und steht schon auf Mädchen.«

»Der Junge im Einkaufszentrum kam mir irgendwie wie ein kleiner Erwachsener vor«, fuhr Jenny fort. »Aber er war trotzdem furchtbar niedlich.«

Melanie musste dann los, aber ich wollte noch bei ihm bleiben, bis seine Eltern ihn gefunden hätten. Wir haben uns beim Brunnen hingesetzt und ganz nett unterhalten, vor allem natürlich über Spielsachen. Ich glaube, er hat mir von all seinen Stofftieren, Action-Figuren und Computer-Games erzählt, die er zu Hause hat, und dann noch von denen, die er sich zu Weihnachten wünscht.«

»Und wann sind seine Eltern aufgetaucht?«

»Ein paar Minuten später. Die waren vielleicht erleichtert! Es stellte sich heraus, dass sie schon fast zwanzig Minuten nach ihm gesucht hatten. Sie waren ganz aufgelöst, und er hat noch nicht einmal aufgesehen, als sie kamen. Er wollte einfach nur weiter mit mir reden. Sein Vater hat sich und seine Frau dann als Mr. und Mrs. Hagen vorgestellt und gesagt: ›Na, Donny und Sie scheinen sich ja wirklich gut zu verstehen.‹ Dann hat der Junge gefragt, ob er mich mit nach Hause bringen darf. Wir haben alle gelacht, und Mr. Hagen hat gesagt, dass sie ohnehin gerade dabei wären, einen Babysitter für Donny zu suchen, der jeden Donnerstag und Samstag zu ihnen kommen kann. Und er hat mich gefragt, ob ich an dem Job interessiert wäre. Natürlich hab' ich erst mal nein gesagt.«

»Wieso denn das?«, fragte Laura erstaunt.

»Ich weiß auch nicht. Weil ich immer nein sage, wenn ich zum ersten Mal gefragt werde, glaube ich. Ich habe gern ein bisschen Zeit, um mir Gedanken zu machen. Aber dann hat Donny rumgebettelt, dass ich doch ja sagen soll. Er war so süß, und ich kann das Geld wirklich gut gebrauchen. Außerdem schienen mir die Hagens ganz okay zu sein. Also habe ich gesagt, dass ich's mal probieren wollte. Donny hat angefangen, vor Freude wie wild rumzuhüpfen und wäre fast wieder in den Brunnen gefall ...«

»Oh nein!«, rief Laura plötzlich aus und sprang auf. »Meine Haltestelle!« Sie hangelte sich durch den Gang nach vorn zum Fahrer und rief: »Halten Sie an! Bitte! Ich muss hier raus!«

Der Busfahrer trat auf die Bremse, und Laura musste sich an einer Haltestange festhalten, um nicht ganz nach vorn geschleudert zu werden. Dann drehte sie sich noch einmal zu Jenny um und rief: »Tschüs. Ruf mich nachher mal an! Viel Glück!« Dann hüpfte sie die Treppen hinunter und war draußen.

Als der Bus weiterfuhr, sah Jenny wieder nervös auf die Uhr. Sieben Uhr fünfundzwanzig. Sie konnte unmöglich pünktlich um halb da sein. Wieder blickte sie angestrengt durch das dunkle Glas der Fensterscheibe und beobachtete die vorbeigleitenden Häuser. Auch mit dem Bus war es ziemlich weit bis zum Old Village, wo die Hagens wohnten – von ihr zu Hause quer durch die ganze Stadt. Wenn sie den Job zweimal die Woche machen wollte, musste sie am Samstagabend unbedingt früher los, damit sie dann wenigstens rechtzeitig ankam.

Einige Minuten später bog der Bus in die Millertown Road ein, und Jenny, die wieder gebannt ihr Spiegelbild in der dunklen Scheibe betrachtete, hätte beinah ihre Haltestelle verpasst. Als sie es bemerkte, dass sie schon da war, drückte sie schnell auf den Halteknopf, rannte den Gang entlang und kam gerade beim Fahrer an, als der schon wieder weiterfahren wollte.

Das fängt ja gut *an!* dachte sie, als sie hinaus in die kalte Abendluft trat. Sie versuchte, auf den Straßenschildern, die teilweise von tief hängenden Zweigen verdeckt wurden, etwas zu erkennen. Schließlich folgte sie der Wegbeschreibung, die die Hagens ihr gegeben hatten, und ging die Edgetown Lane entlang.

Sie kam an sehr alten großen Häusern vorbei. Die meistens waren im Kolonialstil erbaut, mit riesigen Vorgärten und majestätisch wirkenden, großen alten Bäumen, die in Windrichtung geneigt waren, als wollten sie Jenny nachblicken. *Noch drei Häuserblöcke,* sagte sie sich und fing an zu rennen. Sie war jetzt schon fast zehn Minuten zu spät dran.

Die Häuserblöcke zogen sich ziemlich lang hin. Zwischen den einzelnen Grundstücken befanden sich manchmal kleine Wäldchen. Plötzlich sprang daraus ein kleiner schwarzer Hund hervor, der kläffend nach Jennys Sneakern schnappte.

»Geh weg, Hund, geh weg!«, keuchte sie, während sie ein immer mulmigeres Gefühl bekam, das sie langsamer gehen ließ. Der Hund hatte sich mittlerweile fast heiser gebellt, schnappte noch ein letztes Mal nach ihr und hätte sie beinah am Knöchel erwischt, bevor er sich in die Büsche zurückzog.

Jenny überquerte die leere Straße. *Das Haus der Hagens müsste eigentlich im nächsten Block liegen,* dachte sie und ging nun wieder im Schritttempo, um zu Atem zu kommen. An der nächsten Straßenecke stand ein Haus, das an eine Ranch erinnerte. Es brannte kein Licht, und die Hecke um das Grundstück herum war schon seit langem nicht mehr geschnitten worden. Auch die Blätter im Garten waren nicht zusammengefegt worden. Das konnte nicht das Haus der Hagens sein.

Als der Wind auffrischte, stellte Jenny den Kragen ihrer Jeansjacke hoch und rückte ihren Rucksack zurecht, während sie an einem schmalen Grundstück vorbeiging, das mit Bäumen und Gestrüpp zugewachsen war. Direkt hinter dem Dickicht ragte ein amerikanischer Briefkasten ein wenig in die Straße hinein. Jenny war erleichtert, als sie darauf in großen roten Buchstaben den Namen HAGEN entdeckte.

Neugierig betrachtete sie von der Auffahrt aus das Haus.

Auf der Veranda brannte Licht, das einen blassen, weißlichen Schein gegen das Dunkel der Nacht warf und schwach die vielfarbigen Holzschindeln der Hauswand beleuchtete. Das Haus selbst war riesengroß, weit verzweigt und im viktorianischen Stil erbaut. Sogar auf den ersten Blick wirkte es ziemlich heruntergekommen. Ein loser Laden klapperte gegen ein Fenster im ersten Stock, ein anderer hing nur noch an einer Angel. Ganz links war eine Fensterscheibe zerbrochen und das Loch notdürftig mit zusammengeknülltem Zeitungspapier ausgestopft.

Na, großartig!, dachte Jenny. *Das Haus sieht aus wie aus einem Horrorfilm. Wahrscheinlich läuft drinnen überall grüner Glibber von den Wänden.*

Wieder warf sie einen Blick auf die Uhr. Fünfzehn Minuten zu spät. Sie hatte keine Zeit mehr, sich über eine zerbrochene Scheibe oder grünlichen Schleim Gedanken zu machen. Sie rannte die Auffahrt hinauf, wobei das Knirschen des Kieses unter ihren Sohlen das einzige Geräusch weit und breit war.

Jenny trat schließlich ins Licht der Veranda und brachte ihre Frisur in Ordnung, indem sie sich die abgestuften Ponyfransen wieder ins Gesicht zupfte. Bevor sie an der Klingelschnur zog, räusperte sie sich und setzte ein Lächeln auf, mit dem sie die Hagens begrüßen wollte.

Aber die Klingel funktionierte nicht. Also klopfte Jenny, musste sich aber sehr anstrengen, damit sie bei dem dicken, harten Holz überhaupt gehört werden konnte. Doch bald darauf näherten sich von drinnen Schritte.

Also dann Mädchen, Hals- und Beinbruch!

2.

»Komm rein, Jenny! Komm rein! Ich darf doch du sagen? Wir haben gerade angefangen, uns Sorgen zu machen.« Mr. Hagen stieß die Tür des Windfangs auf, trat einen Schritt zur Seite und ließ Jenny in den kleinen Vorraum. »Schon ganz schön kalt da draußen, was? Ist deine Jacke denn auch warm genug? Hast du Probleme gehabt, uns zu finden?«

»Nein. Es tut mir Leid, dass ich zu spät dran bin. Der Bus ...«

»Lass mich deine Jacke aufhängen!«, unterbrach Mr. Hagen Jenny und zog bereits an einem Ärmel, bevor sie noch den Rucksack abnehmen konnte. »Die Tür der Garderobe klemmt. Ich häng' deine Jacke in den Wandschrank bei uns im Schlafzimmer, wenn du nichts dagegen hast. Wie du sicher schon bemerkt haben dürftest, muss an dem Haus noch ein bisschen was gemacht werden. Wir sind erst vor einigen Monaten hier eingezogen. Der alte Kasten wurde bereits vor dem Bürgerkrieg gebaut – kannst du dir das vorstellen? Na, ich schon. Es sieht so aus, als hätte seitdem kein Mensch mehr was daran gemacht! Haha!«

Aus Höflichkeit lachte Jenny mit, während sie immer noch mit ihrer Jacke kämpfte. Holte der Mann denn nie Luft? Er kam ihr unheimlich nervös vor, ganz anders als am Wochenende im Einkaufszentrum.

Mr. Hagen war so groß, dass er sich in dem niedrigen Vorraum ein wenig bücken musste. Er war kräftig gebaut, hatte breite Schultern und regelrechte Pranken. Mit seinem kantig geschnittenen Gesicht wirkte er auf altmodische Weise gut aussehend. Er trug einen antrazithfarbenen Anzug, der seine breite Brust noch besser zur Geltung brachte. Sein Haar war ganz kurz geschnitten, fast wie bei einem Soldaten, und lichtete sich nur an der Stirn ein wenig. Er besaß kleine stahlgraue Augen, die beständig die Umgebung abzuscannen schienen. Seine Ohren und Wangen glühten beinah. Jenny hätte nicht sagen können, ob nun vor Aufregung und Nervosität oder weil es ihrer natürlichen Farbe entsprach.

Als Mr. Hagen nach oben eilte, um ihre Jacke aufzuhängen, bemerkte Jenny, dass er ein wenig hinkte. Das war ihr im Einkaufszentrum überhaupt nicht aufgefallen. Aber natürlich hatte sie die Hagens dort beim Brunnen auch nur wenige Minuten gesehen.

»Oh, hallo, Jenny. Wo ist Mike denn hin?« Mrs. Hagen kam schnell in die Eingangshalle gelaufen, wobei sich das Licht der Deckenbeleuchtung in ihren randlosen Brillengläsern spiegelte. Mrs. Hagen war groß und richtig dünn, wirkte irgendwie altbacken. Es schien, als stünde sie mit beiden Beinen auf der Erde. Zur weißen Rüschenbluse hatte sie einen dunklen Wickelrock kombiniert, die Sachen machten sie viel älter, als sie war. Ihr lockiges braunes Haar trug sie kurz, und diese schreckliche Brille schien ihre großen braunen Augen irgendwie zu erschlagen.

»Ihr Mann hat meine Jacke nach oben gebracht. Es tut mir Leid wegen der Verspätung. Der Bus ...«

»Oh, das macht doch nichts! Wir haben noch genug Zeit. Achte gar nicht auf Mike! Er ist immer nervös, wenn wir mal ausgehen. Nein, ich muss mich korrigieren: Mike ist *immer* nervös, aber man gewöhnt sich daran.«

»Das habe ich gehört!«, rief Mr. Hagen von oben.

»Wo ist Donny?«, fragte Jenny und nahm ihren Rucksack hoch.

»Im Fernsehzimmer, er sieht sich ein Video an. *Ghostbusters*, glaube ich. Er hat es bestimmt schon tausend Mal gesehen. Er *findet* es *fett*.« Mrs. Hagen lachte. *»Ich finde* es witzig, wie all die In-Wörter und Redewendungen zwei Jahre, nachdem sie wirklich aktuell waren, von den Sechsjährigen benutzt werden. Ich warte noch darauf, dass Donny mir irgendwann sagt, dass er einen Film *krass* findet, aber bis jetzt ist dieses Wort noch nicht bis zu ihm vorgedrungen. Ob du es glaubst oder nicht, ich hab' einmal Sprachwissenschaft im Hauptfach studiert, deshalb interessieren mich auch heute noch diese so genannten Modewörter und wie sie sich verbreiten.«

»Echt?«, fragte Jenny und kam sich dann ganz blöd vor. Echt? War das alles, was sie auf Lager hatte? Nur *echt?*

»He, Donny, sieh mal, wer da ist!«, rief Mrs. Hagen jetzt.

Jenny ging mit ihr durch das große, voll gestopfte Wohnzimmer, dessen Möbel genauso heruntergekommen und abgerissen wirkten wie der Rest des Hauses. Nicht einmal die Sitzkissen des Sofas passten zusammen, und eine Lehne eines großen pfirsichfarbenen Ohrensessels schien nur noch vom Klebeband gehalten zu werden, mit dem man sie notdürftig ausgebessert hatte.

»Mach dir nichts aus den Möbeln«, sagte Mrs. Hagen, die Jennys überraschten Blick auffing. »Wir haben sie mit dem Haus geerbt. Wenn Mikes Probezeit vorbei ist, lassen wir den ganzen Raum renovieren und neu einrichten.«

Sie ging weiter ins Fernsehzimmer und bedeutete Jenny, ihr zu folgen. »Donny, sieh mal, wer heute Abend bei dir bleibt!«

Donny lag bäuchlings auf einem Läufer vor dem Apparat. Er sah nicht auf, sondern sagte nur: »Pst, das ist eine gute Stelle. *Venkman* macht sie gleich alle platt.«

»Donny, jetzt sei doch nicht so unhöflich!«, wies ihn seine Mutter zurecht. »Du könntest wenigstens einen Moment das Fernsehen Fernsehen sein lassen und Jenny hallo sagen.«

»Hallo«, sagte Donny, ohne den Blick von der Mattscheibe zu wenden.

»Ich glaube, unsere Liebesaffäre ist vorbei. Wie

schnell Männer das doch immer vergessen«, flachste Jenny und tat betrübt.

Mrs. Hagen lachte. »Donny ist einfach unmöglich.«

»Nein, das bin ich nicht«, murmelte der Junge, während er aufmerksam *Venkmans Kampf gegen den schleimigen grünen Geist* verfolgte.

»Wir werden noch zu spät kommen«, sagte Mr. Hagen ungeduldig, als er zu ihnen ins Fernsehzimmer trat und seiner Frau den Mantel hinhielt. »Donny, nach dem Film musst du aber ins Bett.«

»Oh, Dad, ich hatte noch gar keine Zeit 'n bisschen zu spielen. Kann ich nicht noch ein wenig länger aufbleiben?«

»Mh ... na gut, vielleicht noch ein bisschen. Aber du musst Jenny gehorchen.« Mr. Hagen wandte sich wieder Jenny zu. Seine Ohren und Wangen waren mittlerweile purpurrot angelaufen. »Es tut mir Leid, dass ich dich jetzt nicht mehr überall herumführen kann, aber ich bin sicher, du wirst dich zurechtfinden. Donny kann dir ja alles zeigen, wenn sein Film zu Ende ist.«

»Ich komm' schon klar«, entgegnete Jenny und sah Donny an.

»Wir sind auch nicht allzu spät zurück«, fuhr Mr. Hagen fort und redete dabei noch schneller als sonst. »Donny zeigt dir, wie der Videorekorder funktioniert, falls du ein Video sehen möchtest. Ich hab dir einen Zettel mit der Telefonnummer, unter der wir zu erreichen sind, in die Küche gelegt. Wir erwarten zwar keine Anrufe, aber nur für alle Fälle ... Also, ruf ruhig an, wenn irgendwas ist, egal worum es sich ...«

»Also wirklich, Mike!« fiel ihm da seine Frau ins Wort. »Ich bin sicher, dass Jenny schon mal auf ein Kind aufgepasst hat – oder etwa nicht, meine Liebe?«

»Doch, natürlich«, sagte das Mädchen und setzte ihr Vertrauen erweckendstes Lächeln auf.

Aus den Lautsprecherboxen tönten mehrere laute Explosionen, und Donny rief begeistert: »Das ist eine Superstelle!«, wobei er sich richtig anstrengen musste, *um die Geräuschkulisse des Films zu übertönen.* »Fett! Total fett!«

»Nun, also Jenny, wenn du irgendein Problem hast«, fuhr Mr. Hagen unbeeindruckt fort, »findest du die Nummer in der Küche. Donny zeigt dir später, wo sie ist. Und vergewissere dich unbedingt, dass auch alle Türen abgeschlossen sind. Hast du in der Zeitung von den Angriffen auf Babysitter in dieser Stadt gelesen?« Betrübt schüttelte Mr. Hagen den Kopf und seufzte dann: »Wir leben vielleicht in einer Welt!«

»Ich hab's in den Nachrichten gesehen«, sagte Jenny leise. »Irgend so'n Trottel mit Skimütze, der in Häuser einbricht und Babysitter verprügelt. Bisher hat es zwei Überfälle gegeben. Beide Babysitter mussten ins Krankenhaus.«

Nachdem Jenny den Bericht gesehen hatte, wollte sie den Job bei den Hagens eigentlich gar nicht antreten. Die Fantasie war mal wieder mit ihr durchgegangen, und Jenny hatte sich grässliche, Furcht erregende Situationen vorgestellt. Aber dann hatte sie sich gezwungen, mit kühlem Kopf darüber nachzudenken. Wie groß war die Wahrscheinlichkeit, dass der Angreifer sich ausgerechnet das Haus der Hagens aussuchte, das am anderen Ende der Stadt lag? Eins zu tausend? Nein, eins zu einer Million!

Wenn ich die Türen abschließe und niemanden reinlasse, bin ich sicher, hatte sie sich gesagt. Und außerdem konnte sie das Geld fürs Babysitten wirklich gut gebrauchen ...

»Mike, warum um alles in der Welt, musstest du denn jetzt davon anfangen? Willst du Jenny an ihrem ersten Abend hier schon nervös machen? Komm jetzt, du hast schon mehr als genug geredet. Los, beweg dich!« Mrs.

Hagen warf Jenny einen viel sagenden Blick zu und versuchte, ihren Mann aus dem Zimmer zu schieben. Aber er rührte sich nicht vom Fleck. Da hätte man auch versuchen können, einen Panzer anzuschieben.

»Gute Nacht, Donny. Sei schön brav!«, riefen dann beide Hagens, während sie auf dem Weg zur Tür waren.

Donny gab keine Antwort.

Jenny ließ sich auf einen weichen, mit weißem Leder bezogenen Lehnstuhl sinken, der an der Wand stand.

»Du sitzt viel zu nah davor, Donny«, sagte sie dann zu ihrem Schützling, dessen Gesicht nur wenige Zentimeter vom Bildschirm entfernt war.

»Ich darf das«, erwiderte er und rührte sich nicht von der Stelle, während Jenny den kleinen Jungen beobachtete. Sie konnte sich an seinem wunderschönen blonden Haar einfach nicht satt sehen. Es war seidenweich und wirkte wie ein goldener Helm – so glänzend und edel.

»Gefallen dir die *Ghostbusters?*«, fragte Donny plötzlich.

»Ich hab den Film schon seit einigen Jahren nicht mehr gesehen.«

Die Eingangstür fiel ins Schloss. Mr. und Mrs. Hagen waren gegangen.

Donny wandte sich Jenny zu und sah sie zum ersten Mal an diesem Abend an. »Sind sie weg?«, wollte er wissen. Es klang, als würde er jeden Moment in Tränen ausbrechen.

»Ja«, antwortete Jenny, »gerade eben.«

»Gut«, sagte Donny wider Erwarten. »Krieg ich jetzt einen Schokoriegel?«

Es war einfacher, Donny ins Bett zu bringen, als Jenny gedacht hatte. Er verfügte zwar über unheimlich viel Energie, aber als er schließlich müde geworden war, wäre er ihr beinah schon unten im Wohnzimmer eingeschlafen. All seine Reserven schienen mit einem Mal verbraucht, sodass er kaum noch genug Kraft besaß, die Augen offen zu halten.

Jenny trug ihn nach oben und legte ihn ins Bett. »Bis Samstag dann«, flüsterte sie und fuhr ihm zärtlich durch sein engelsgleiches Haar.

Als sie leise aus dem Zimmer ging und das Licht ausmachte, schlief er schon fast.

Der Läufer auf der Treppe war so abgewetzt, dass er an manchen Stellen richtige Löcher hatte und das Holz darunter zu sehen war. Als Jenny wieder ins Wohnzimmer hinunterging, knarrten die Stufen bei jedem Schritt, und sie dachte: *Was für ein gruseliges altes Haus. Warum finden es Leute bloß toll, in zweihundert Jahre alten Holzhütten zu wohnen? Wenn ich mal mein eigenes Haus habe, dann ist es funkelnagelneu.*

Auch die Dielen im Flur und im Wohnzimmer gaben merkwürdige Geräusche von sich, wenn sie darüber ging. Im Wohnzimmer blieb Jenny einen Augenblick stehen und sah sich um. Alles roch irgendwie modrig. Eine hohe Mahagonistanduhr aus Großvaters Zeiten schmückte eine Ecke. Sie tickte unwahrscheinlich laut.

Ich würde verrückt werden, wenn ich mir das den ganzen Tag anhören müsste, dachte das Mädchen und stellte sich vor, wie die allerersten Bewohner des Hauses wohl ausgesehen hatten.

Jenny sah sie am Kamin sitzen und dem Ticken der riesigen Uhr lauschen. Die Frau war geisterhaft blass und bis auf ein weißes Spitzenhäubchen und eine graue Stola ganz in Schwarz gekleidet. Sie strickte an einer weiteren grauen Stola. Auch der Mann hatte nur schwarze Sachen an. Er trug einen langen, weißen Bart und einen großen Schnurrbart. Er stand neben dem Kamin und sah zu, wie sich ein Braten am Spieß über dem Feuer drehte, wobei von der rotbraunen Schwarte ständig Fett in die Flammen tropfte.

Dann sagte der Mann: »Stell dir bloß mal vor, meine Liebe, in hundert Jahren wird unsere wunderschöne Standuhr jeden, der sich in diesem Haus aufhält, verrückt machen!«

KAWUMM! ließ da ein lautes Klappern Jenny zusammenzucken, und das fantasierte Ehepaar verschwand.

Jenny überlegte erschrocken, was das gewesen sein könnte, bevor ihr wieder der lose Laden an der Hausfront einfiel. Sie ging zum Fenster und zog die schweren alten Samtvorhänge zur Seite.

Draußen war es dunkel. Nur schemenhaft konnte Jenny erkennen, wie sich die schwarzen, vom Wind hin- und herbewegten Äste der riesigen Bäume gegen einen beinah ebenso dunklen Himmel abhoben. Da war weder ein anderes Haus noch ein Auto oder sonst ein Zeichen menschlichen Lebens. Auch als Jennys Augen sich an die Dunkelheit gewöhnt hatten, änderte sich nichts daran. Es schien, als stünde das Haus mitten im Wald.

Jenny zitterte. Es zog ganz schön. Eine der Scheiben hatte einen Sprung und auch durch den Fensterrahmen pfiff der Wind herein.

Irgendwo in der Ferne heulte ein Tier. *Ein Wolf? Hoffentlich nicht!*, dachte Jenny. Noch einmal knallte der Laden gegen die Hauswand, diesmal wesentlich lauter, und wieder zuckte Jenny zusammen. Sie zog die schweren Vorhänge wieder zu und ging in den Raum hinein. Ticktack, TICKTACK. Auch diese nervtötende Uhr schien immer lauter zu werden. Dann hörte Jenny ein leises, knackendes Geräusch über sich. Das Haus stöhnte und ächzte, je stärker draußen der Wind pfiff.

Reg dich nicht auf, Jenny!, versuchte sie sich zu beruhigen. *Alle alten Häuser machen komische Geräusche.* Jetzt tat es ihr beinah Leid, Donny ins Bett gebracht zu haben. Wenn er da war, kamen ihr die Geräusche nicht so laut und beunruhigend vor. Denn beim Spielen mit ihm hatte sie gar keine Zeit, darüber nachzudenken, dass sie beide ganz allein in einem gruseligen alten Haus waren, nur von alten, dunklen Bäumen umgeben.

Jenny warf einen Blick auf die Wand über dem Kaminsims. Ein grässlicher echter Elchskopf hing da, das Fell völlig von Spinnweben und Staub überzogen. Irgendwie schien das Vieh sie anzustarren. Die alte Standuhr schlug laut – neun Mal. Danach wieder dieses nervtötende Ticken – ticktack, ticktack - , während das Pendel der Uhr unablässig hin- und herschwang. Ticktack, ticktack. Die Zeit verging furchtbar langsam.

Jenny beschloss, sich auf die Suche nach der Küche zu machen. Gerade hatte sie sich der Tür zur Eingangshalle zugewandt, als sie etwas am Bein packte.

3.

Entsetzt schrie Jenny auf.

Der Geist der alten Dame mit dem grauen Wollschal hatte sie am Knöchel zu fassen gekriegt. Jetzt würde er sie in die Uhr zerren, wo sie dann für immer bleiben und sich bis in alle Ewigkeit das Geticke anhören musste. Zusammen mit den anderen Geistern, die in diesem alten Haus herumspukten.

Schließlich wagte Jenny, nach unten zu sehen.

Es war kein Geist, sondern eine rotgetigerte Katze. Wieder wetzte das Tier seine Krallen an Jennys Jeans, diesmal allerdings ein wenig sanfter. Dann strich sie ihr laut schnurrend um die Beine.

Jennys Herz klopfte wie wild.

Warum haben sie mir bloß nichts von ihrer Katze erzählt?, dachte sie und bückte sich, um das Tier zu streicheln. Aber die Katze lief sofort davon und verkroch sich unter einem großen Sofa.

Jenny kam sich plötzlich ganz blöd vor, weil sie so laut geschrien hatte. Normalerweise gehörte sie nicht zu den Mädchen, die wegen jedem bisschen rumkreischten. Sie atmete tief ein und hielt die Luft an, das half ihr normalerweise immer, sich wieder zu beruhigen.

Ob sie Donny mit ihrem Schreien wohl aufgeweckt hatte? Sie rannte die knarrenden Treppenstufen hinauf und schlich sich auf Zehenspitzen in sein Zimmer. Er schlief ganz friedlich und ähnelte einem Engel weit mehr als sonst. Beinah hätte Jenny ihn aufgeweckt und ihm erlaubt, herunterzukommen, um mit ihr zu spielen, bis seine Eltern wieder da wären.

Aber nein, Jenny, sagte sie sich dann, *du musst ihnen zeigen, dass du verantwortungsbewusst genug bist, um auf ihren Jungen aufzupassen.*

Wieder hörte sie draußen die Tierschreie. Sie klangen diesmal allerdings näher, lauter und anhaltender und schienen aus dem Garten hinterm Haus zu kommen. Jenny ging leise an Donnys Fenster, zog die Vorhänge zurück und spähte hinaus.

Ein Strahler seitlich an der Garage erhellte mit seinem gelblichen Licht einen Teil der geschotterten Auffahrt sowie einen niedrigen Holzstapel und das relativ hohe Gras des Gartens, auf das die im Wind schwankenden Äste der Bäume tanzende Schatten warfen.

Das Heulen hatte aufgehört.

Jenny zog die Gardinen wieder vors Fenster, drehte

sich an der Tür noch einmal zum schlafenden Donny um und lief dann schnell die Treppe hinunter. Am Ende des langen Flurs, der von der Eingangshalle abging, entdeckte sie schließlich die Küche. Der Raum sah erstaunlich modern aus mit seinen hellen Fliesen, seinen frisch gestrichenen weißen Hängeschränken aus Holz und den neuen Küchengeräten. Es gab sogar eine Espressomaschine.

Das ist wohl der einzige Raum, dessen Renovierung sich die Hagens bisher leisten konnten, dachte Jenny.

Im Kühlschrank entdeckte sie eine Dose Cola und auf der Anrichte eine Tüte Nachochips. *Vielleicht sollte ich den ganzen Abend in der Küche bleiben,* überlegte sie dann. *Hier ist es nicht so gruselig.* Aber die Küchenstühle waren ziemlich unbequem, außerdem hatte Jenny ihren Rucksack im Fernsehzimmer stehen lassen und sie würde Donny nicht hören können, wenn er von seinem Zimmer aus nach ihr rief. Also nahm sie ihr Knabberzeug, trug es durch den Flur und das Wohnzimmer – mit seinen knarrenden Dielen und der nervtötenden Uhr – und ging wieder in den Fernsehraum.

Gut, und was mach' ich jetzt?, überlegte sie dann, als sie sich in den weißen Lederlehnstuhl fallen ließ. *Ich kann hier schließlich nicht einfach so rumsitzen und zuhören, wie der Wind ums Haus pfeift und die Läden klappern, und ständig daran denken, wie gespenstisch es hier ist.*

Um sich abzulenken, nahm sie die Tageszeitung zur Hand, die auf einem Tischchen neben ihrem Stuhl lag, und überflog die erste Seite.

»Oh!«, stieß sie hervor, als ihr die Überschrift *Dritter Angriff auf Babysitter hält Polizei in Atem* ins Auge fiel. Ohne den Artikel zu lesen, warf sie die Zeitung wieder hin.

Dann erinnerte sie sich, dass sie sich zu Hause im Hinausgehen noch ein Buch geschnappt hatte. Aber was für eins? Jenny durchwühlte ihren Rucksack und zog es heraus. *Na, großartig, ein Stephen King-Roman! Gut gemacht, Jenny! Das wird dich echt aufheitern!*

Sie steckte das Buch wieder weg und stand auf. Sollte sie fernsehen? Nein, sie konnte ohnehin nicht still sitzen und so beschloss sie, sich ein wenig im Wohnzimmer umzusehen.

Sie ging gerade am verrußten Marmorkamin vorbei, vor dem ein Sofa mit nicht zusammenpassenden Sitzkissen stand, als sie die ersten Schritte hörte. Wie angewurzelt blieb sie stehen, unsicher, ob sie überhaupt etwas gehört hatte.

Doch da war es wieder. Diesmal war sich Jenny sicher. Bei dem Geräusch handelte es sich um Schritte. Sehr leise Schritte.

Schon wieder die Katze?

Nein, die hatte sich auf einem Stuhl am Fenster zusammengerollt.

Jenny lauschte, aber es war wieder mucksmäuschenstill. Ganz still, bis auf ihren lauten Atem, ihr wild pochendes Herz und das nervtötende Ticken der Uhr.

Also hatte sie sich die Schritte nur eingebildet. Noch ein Geist, noch eine Gestalt die ihrer Fantasie entsprungen war.

»Hör auf damit, Jenny!«, ermahnte sie sich laut. »Hör auf, dir Sachen einzubilden! Es ist auch so schon unheimlich genug hier. Du musst dir nicht auch noch selber Angst machen.«

Doch dann hörte sie die Schritte wieder.

Diesmal lauter und noch näher.

Da war jemand im Haus. Da schlich jemand durch die Gänge, ganz langsam, absichtlich langsam, um ihr Angst zu machen.

Das Mädchen wirbelte herum und warf einen Blick ins Fernsehzimmer. Würde sie es noch bis dahin schaffen, um sich einzuschließen? Würde es ihr gelingen, die Polizei anzurufen? Könnten die Polizisten noch rechtzeitig herkommen?

Wieder hörte sie die Schritte. Sie kamen von der Treppe, und Jenny drehte sich blitzartig zur Eingangshalle um. Dann erstarrte sie, unfähig, sich zu rühren, vor Angst gelähmt.

So ist das also, wenn man sich zu Tode fürchtet, dachte sie. Dann fiel ihr eine Begebenheit aus ihrer Kindheit ein.

Sie war ungefähr fünf oder sechs Jahre alt gewesen, als ihre Mutter und sie eines Abends spät nach Hause gekommen waren. Damals fuhren sie noch den alten Diesel. Als sie in die Auffahrt einbogen, saß an deren Ende ein Hase, der wie gebannt ins Licht der Scheinwerfer blickte. Der arme Kerl rührte sich nicht vom Fleck, war wie erstarrt vor Angst. Er saß einfach nur da und sah in den Lichtkegel, während der Wagen immer näher kam. Erst nachdem ihre Mutter die Scheinwerfer ausgemacht hatte, hoppelte er mit steil aufgerichteten Löffeln davon.

Wieder hörte Jenny die alten Treppenstufen knarren.

Sie wollte sich bewegen, wegrennen, schreien, aber ihre Angst hielt sie davon ab. Jetzt war sie der Hase – vor Angst erstarrt stand sie vor dem Kamin.

»Wer ...«, gelang es ihr schließlich hervorzupressen, »wer ist da?«

Keine Antwort, nur die Schritte.

»Wer ist da?«, schrie sie.

4.

»Wer ist da?«

Donny war am Ende der Treppe angekommen und stand nun in der Eingangshalle. Vom Schlafen waren seine Wangen ganz gerötet. Er trug rote Plüschpantoffeln und ein Schlafanzugbein war ihm bis zum Knie hochgerutscht. »Ich bin wach geworden. Jetzt hab ich Durst.«

Jenny atmete tief durch. Ihre Knie fühlten sich an wie Gummi, und sie musste sich am Kaminsims festhalten, damit Donny ihre Angst nicht sah. Ihr war gleichzeitig nach Lachen und Weinen zumute, und am liebsten wäre sie auf den Jungen zugerannt und hätte ihn ganz fest an sich gedrückt.

Wie dumm von ihr, sich vor ein paar Schritten zu fürchten. Natürlich konnte sie hören, wenn Donny die Treppe herunterkam. Lautlos war das überhaupt nicht möglich. Wie hatte sie nur vergessen können, dass sie sich nicht allein im Haus aufhielt?

Donny stand immer noch in der Halle und sah Jenny an, die sich nach wie vor am Kamin festhielt. »Ich hab' Durst«, wiederholte er sich. Seine Stimme klang noch ein wenig heiser vom Schlafen, aber sein Gesicht hatte einen schelmischen Ausdruck.

Jenny ging zu ihm und fuhr ihm mit der Hand durchs Haar. »Du solltest nicht die Treppe runterschleichen.«

»Das hab' ich nicht, ich bin gelaufen, ganz langsam. Ich wusste nicht, wo du bist. Ich wollte dir keine Angst machen.« *Das ist dir wirklich gelungen!*, dachte Jenny spöttisch und nahm ihn spielerisch bei den Schultern, um ihn ein wenig zu schütteln. Er kicherte.

»Bist du sicher, dass du mir *keine* Angst machen wolltest?«, fragte sie ihn.

»Na ja … vielleicht ein bisschen.« Er kicherte noch mehr.

»Gehörst du etwa zu diesen kleinen Rackern, die ihre Babysitter erschrecken?« Allmählich fühlte sich Jenny wieder besser.

»Kann schon sein.«

Zusammen gingen sie dann durch den langen Flur zur Küche, wobei Jenny Donny die Hand auf die Schulter legte. Selbst durch den Stoff des Pyjamas hindurch fühlte sich das Kind warm an, wie ein warmer Ofen.

»Ich bin eigentlich froh, dass du runtergekommen bist«, gestand Jenny und dachte: *Was für eine Untertreibung!*

»Was möchtest du trinken? Apfelsaft?«

»Nein, ich hab' mir schon die Zähne geputzt.«

»Und?«

»Na, Apfelsaft schmeckt komisch, wenn man sich vorher die Zähne geputzt hat. Ich will 'ne Milch.«

»Na gut.«

In der Küche kletterte Donny auf einen Stuhl, während Jenny ihm ein Glas Milch einschenkte. Er trank es rasch in drei großen Zügen aus und wischte sich den Milchbart an einem Schlafanzugärmel ab. »Spielst du mit mir, Jenny?«

»Du machst wohl Witze? Du gehst jetzt sofort wieder ins Bett. Haben etwa deine anderen Babysitter mit dir gespielt, wenn du mitten in der Nacht aufgewacht bist?«

»Kann schon sein«, sagte Donny und hatte wieder diesen schelmischen Ausdruck im Gesicht.

»Raus mit der Sprache, Donny!«, verlangte Jenny gespielt ernst.

»Nun ja … also … nein«, gestand er ihr schließlich ganz schüchtern ein, fügte aber rasch hinzu: »Ich geh' nur wieder ins Bett, wenn du mich zudeckst.«

»In Ordnung.«

Es dauerte aber ziemlich lange, bis Donny endlich zugedeckt war. Er musste ihr vorher noch unbedingt alle Stofftiere zeigen und namentlich vorstellen.

Als er dann endlich im Bett war wollte er noch einen Gutenachtkuss. Sie tat ihm den Gefallen und küsste ihn auf die Stirn. »Gute Nacht, Donny.«

»Jetzt erzähl mir eine Geschichte!«

»Wie bitte?«

»Erzähl mir eine Geschichte. Ich kann sonst nicht einschlafen.«

»Das war aber nicht abgemacht, Donny. Ich sollte dich nur noch einmal ins Bett bringen und zudecken.«

»Aber jetzt will ich eine Geschichte hören«, beharrte er.

Jenny erkannte, dass er ein harter Verhandlungspartner war und es wahrscheinlich keinen Sinn hatte, lang herumzustreiten. Seufzend setzte sie sich ans Fußende seines schmalen, mit Stofftieren voll gestopften Betts und fragte: »Was für eine Geschichte willst du denn hören?«

»Eine Gruselgeschichte.«

Natürlich!

»Okay, lass mich mal nachdenken.« Sie musste nicht allzu lang überlegen. Es fiel ihr leicht, sich Geschichten auszudenken, denn ihre lebhafte Fantasie war ihr eine große Hilfe.

»Es war einmal ein kleiner Junge, der gern seinen Babysitter erschreckte«, fing Jenny an.

Donny lachte. »Die Geschichte gefällt mir«, sagte er und setzte sich im Bett auf.

»Wenn du dich nicht hinlegst und zu schlafen versuchst, erzähl' ich nicht weiter«, drohte Jenny, und Donny ließ sich in die Kissen zurückfallen. »Dieser kleine Junge war etwa so alt wie du, auch ungefähr so groß wie du und wog auch fast so viel wie du. Eigentlich sah er genauso aus wie du.« Jenny rutschte etwas näher zu Donny, sodass sie die Geschichte flüsternd weitererzählen konnte.

»Und dieser kleine Junge war ein echter Schlingel, der seiner Babysitterin gerne Streiche spielte, wobei er sie jedes Mal fast zu Tode erschreckte. Er schlich sich dann immer so leise er konnte die Treppe hinunter, um dem Mädchen Angst zu machen. Und immer wenn sie glaubte, dass er tief und fest schlief, machte er plötzlich Krach, hüpfte aus einer dunklen Türöffnung hervor und kam unverhofft ins Zimmer gerannt oder sprang sie von hinten an. Einmal erschreckte er sie so sehr, dass sie davon ganz weiße Haare bekam. Ein anderes Mal fürchtete sie sich so sehr, dass ihr die Augen aus dem Kopf fielen und überall herumkullerten. Der kleine Junge musste sie für das Mädchen suchen und sie ihr wieder einsetzen. Dann kriegte sie einmal so einen Schreck, dass sie vor Wut darüber aus der Haut fuhr und Stunden brauchte hat, um sie sich wieder anzuziehen.«

Donny fand diese Stelle besonders komisch und lachte, bis ihm die Tränen kamen. Er wollte sie noch einmal hören, und dann noch einmal.

»Eines Nachts beschloss die Babysitterin, sich an dem kleinen Jungen zu rächen. Sie war der Meinung, dass sie ihn jetzt auch mal erschrecken durfte.«

Jenny rutschte noch näher an Donny heran, sodass sie wirklich ganz, ganz leise flüstern konnte. »Das Mädchen überlegte hin und her, wie sie dem kleinen Jungen Angst einjagen könnte. Sollte sie sich ein Gorillakostüm anziehen und plötzlich aus dem Kleiderschrank springen, wenn der Junge im Bett lag? Nein, das war nicht gruselig genug. Sollte sie ein Monster zu dem Jungen nach Hause einladen, damit es ihn ums Haus jagte?

Nein, auch das war nicht gruselig genug. Sollte sie noch einmal aus der Haut fahren und dann als Knochengestell vor dem Jungen herumtanzen? Nein, wieder nicht gruselig genug.«

Jenny beugte sich nun ganz dicht zu Donny hinunter und flüsterte ihm die Auflösung ihrer Geschichte ins Ohr. »Und dann hatte die Babysitterin eine Superidee. Es war ihr am Ende der unheimlichste Streich eingefallen, den man jemandem überhaupt spielen konnte. Ganz, ganz leise schlich sie sich ins Zimmer des kleinen Jungen. Dann ging sie auf Zehenspitzen zu seinem Bett und lehnte sich zu ihm hinunter. Er war gerade kurz davor, einzuschlafen. Und dann rief sie ganz, ganz leise, fast ohne ein Geräusch zu machen, fast so leise wie eine leichte Sommerbrise, so leise, dass man es kaum hören konnte: »BUUUUUUUUUH!«

Jenny hatte so laut geschrien, wie sie konnte.

Die Geschichte verfehlte ihre Wirkung nicht. Donny schreckte auf und wäre fast aus dem Bett gefallen. Dann lachte er laut und schlug sich dabei vor Begeisterung auf die Schenkel. Als er sich endlich wieder beruhigt hatte, wollte er die Geschichte noch einmal hören.

»Nein, schlaf jetzt!« Zufrieden mit ihrem Erfolg wollte Jenny das Zimmer verlassen.

»Bitte, bitte, Jenny, erzähl sie mir noch mal!«, bettelte der Kleine.

»Nein, heute nicht, beim nächsten Mal. Samstagabend bin ich wieder da. Dann erzähl' ich dir die Geschichte noch einmal, nur noch ein bisschen gruseliger.«

Jenny musste Donny dreimal versprechen, dass sie es auch bestimmt nicht vergessen würde. Erst dann legte er sich wieder hin, um zu schlafen.

Lächelnd ging sie die Treppe hinunter und dachte: *Das war eine tolle Geschichte. Geschichtenerzählen kann ich wirklich gut.* Dieser Gedanke verschaffte ihr eine gewisse Genugtuung. Ihre Mutter warf ihr doch immer vor, sie sei zu wenig verantwortungsbewusst und würde in den Tag hineinträumen. Sie sei nicht in der Lage, irgendetwas richtig anzupacken. Aber ihre Mutter irrte sich. Das würde Jenny ihr schon noch beweisen.

Als plötzlich laut an die Eingangstür geklopft wurde, verschwand Jennys Lächeln allerdings schlagartig. Sie blieb auf der untersten Stufe stehen und griff erschrocken nach dem Geländer. Die Angst machte sich in ihr wieder breit – die gleiche Angst wie vorhin im Wohnzimmer, als sie die leisen Schritte gehört hatte.

Jetzt klopfte es wieder, allerdings etwas lauter.

Wer konnte das bloß sein?

Für die Hagens war es noch zu früh, und sie würden auch nicht klopfen.

Ob ich wohl irgendwie nach draußen sehen kann?, überlegte Jenny. Nein, die Tür war aus solidem Holz, nirgends ein Fenster oder ein Spion.

Wer immer da draußen stand, klopfte schon wieder – dreimal ganz laut und dann noch einmal – tock, tock, tock.

›Hört sich wie ein Einbrecher an‹, dachte Jenny und stellte sich einen Typ in Sträflingskleidung mit einer schwarzen Maske vor den Augen vor, der eine Tasche mit Werkzeug trug.

Nein, das ist kein Einbrecher, der würde nicht klopfen. Außer ein sehr vorsichtiger, der sicher gehen will, dass niemand zu Hause ist, bevor er einbricht. Wenn ich also die Tür nicht aufmache, denkt er, es ist niemand zu Hause und …

Womöglich ist es der Babysitter-Angreifer aus der Zeitung!

Nein, sei nicht blöd, Jenny. Woher soll er denn wissen, dass hier heute Abend ein Babysitter ist? Du bist doch zum ersten Mal hier.

Dann ist es die Polizei. Ein LKW mit Giftmüll ist umgekippt, und sie müssen sofort die Nachbarschaft evakuieren. Wenn ich nicht aufmache, atme ich gleich giftige Dämpfe ein und verwandle mich in einen sabbernden Mutanten …

Wieder wurde draußen dreimal ganz laut geklopft.

Jenny horchte an der Tür. Das Holz fühlte sich erstaunlich kalt an. »Wer ist da?«

Keine Antwort, nur das Pfeifen des Windes.

»Wer ist da?«, fragte sie noch einmal, allerdings ziemlich leise, um Donny nicht zu wecken. »Wer ist da draußen?«

Wieder horchte sie an der Tür. Aber der Wind heulte so laut, dass sie sonst nichts hören konnte.

Ich sollte die Tür lieber aufmachen, beschlosss sie und suchte nach einer Vorhängekette, die sie vorlegen wollte, damit der Eindringling die Tür nicht einfach aufstoßen konnte. Es gab aber keine Kette. Wieder klopfte es dreimal.

Jenny atmete tief durch, öffnete die Tür einen Spaltbreit und rief unwillkürlich: »Oh!«

Im dämmrigen Schein der Verandalampe stand ein kleiner, aber kräftig gebauter Mann. Trotz des kalten böigen Windes trug er nur ein übergroßes rotkariertes Holzfällerhemd.

Zuerst fielene Jenny seine Augenbrauen auf. Sie waren ganz buschig und saßen dem Mann wie zwei Schmetterlingsraupen über den Augen. Er hatte auch dichtes schwarzes Haar, das mit einer Art Gel streng zurückgekemmt war, sodass es aussah, als hätte er einen Helm auf. Seine Nase war nicht ganz gerade, sondern etwas nach links gebogen, als ob sie mehrmals gebrochen oder einmal abgenommen und falsch wieder angenäht worden war. Er hatte schwarze Bartstoppeln und einen Zigarrenstumpen zwischen den Zähnen, und er stank nach kaltem Rauch, der sich in seinem Hemd und seinen Jeans festgesetzt haben musste.

Der Mann schien genauso erschrocken zu sein, Jenny zu sehen, wie es umgekehrt der Fall war. »Wer bist denn du?«, fragte er mit erstaunlich tiefer Stimme, er schien merkwürdig verlegen. Irgendwie gelang es ihm, auch beim Sprechen den Stumpen zwischen den Zähnen zu halten.

»Ich ... Ich bin der Babysitter«, stammelte Jenny, als müsse sie sich erst einmal daran erinnern, wer sie war. »Und wer sind Sie?«

Der Mann schien die Frage gar nicht gehört zu haben, sondern sah Jenny nur misstrauisch an. »Ist da drin alles in Ordnung?«

»Ja«, antwortete Jenny und umklammerte den Türknauf so fest, dass ihr die Hand wehtat. »Kann ich Ihnen irgendwie behilflich sein?« Blöde Frage, aber was hätte sie denn sonst sagen sollen?

»Nein. Äh ... Entschuldige die Störung. Ich bin Willers, der Nachbar.«

»Ach, nur der Nachbar!« Jenny fühlte sich schon ein bisschen besser. Aber dann überlegte sie, dass der Mann vielleicht log, und die Angst kehrte zurück.

»Ich dachte, Mike und Mary wären zu Hause«, erklärte der Mann und kaute auf dem Zigarrenstummel, während er Jenny von oben bis unten musterte.

»Äh ... nein. Sie sind heute Abend ausgegangen. Sie gehen jeden Donnerstag aus«, antwortete Jenny und dachte sofort: *Warum hab' ich ihm das bloß erzählt? Wie dumm von mir! Jetzt weiß er, dass ich jeden Donnerstag hier mit Donny allein bin. Wie blöd, wie blöd, wie blöd!*

»Tut mir Leid, dich so spät noch zu stören. Ich dachte, ich hätte da hinten im Garten einen Landstreicher gesehen.« Mit kurzem gedrungenem Zeigefinger deutete der Mann zu den Bäumen rechts von ihnen. »Hast du zufällig irgendwas gehört?«

»Nein, nichts.«

War der Mann wirklich der Nachbar und hatte einen Landstreicher gehört, oder war er selbst der Landstreicher?

»Ich dachte, ich hätte jemanden gesehen. Hier treibt sich schon seit einiger Zeit einer rum.« Der Mann nahm den Zigarrenstummel aus dem Mund und steckte ihn in seine Hemdtasche. »Macht es dir was aus, mich reinzulassen, damit ich mich ein wenig umsehen kann?«

»Ja, ich meine, nein. Ich glaube nicht. Ich meine, ich weiß es nicht. Ich glaube nicht, dass die Hagens ... Ich meine, hier ist alles in Ordnung. Ich hab' nichts gehört.«

Der Mann zog die Augenbrauen zusammen, die nun aussahen wie zwei umgekehrte Vs, und betrachtete Jenny misstrauisch. »Bist du sicher?«

»Ja, absolut. Nett von Ihnen, dass Sie vorbeigeschaut haben. Danke.«

Jenny wollte die Tür schon zumachen, als der Mann einen Schritt näher kam.

Jenny schlug das Herz plötzlich bis zum Hals.

Ob er gleich versuchen würde, sich mit Gewalt Zutritt zu verschaffen? Und um was zu tun?

Warum starrte er sie bloß so an?

»Wenn du doch noch was hörst, ich bin ganz in der Nähe«, sagte er und zog sich wieder zurück, wobei er Jenny direkt in die Augen sah. »Ich bin immer ganz in der Nähe.«

Warum musste er sie dabei so ansehen? War das eine Drohung? Oder bildete sie sich nur ein, dass er damit noch etwas anderes hatte ausdrücken wollen?

»Gute Nacht«, sagte Jenny und knallte die Tür zu, ohne sich dessen bewusst zu sein. Sie drehte den Schlüssel im Schloß um, ließ sich auf die unterste Treppenstufe fallen und vergrub das Gesicht in den Armen, während sie versuchte, wieder zu Atem zu kommen. Als sie jemand an der Schulter berührte, schrie sie entsetzt auf.

»Tut mir Leid, ich wollte dich nicht erschrecken«, sagte da Donny. »Ich hab' schon wieder Durst.«

5.

»Und, haffdu dem Faftheh von demfüp erfählt?«

»Wie bitte? Ich versteh' kein Wort, Laura.«

Laura hielt einen Finger hoch, um Jenny zu zeigen, dass sie einen Augenblick warten sollte, bis sie ihren Bissen heruntergeschluckt hatte. »'Tschuldige, ich hatte den Mund voll. Ich hab' gefragt, ob du Donnys Vater von dem Typ erzählt hast.«

»Mr. Hagen? Nein. Der ist auch so schon viel zu nervös. Ich wollte es nicht noch schlimmer machen. Abgesehen davon, was hätte ich ihm denn erzählen sollen? Der Nachbar ist einfach nur rübergekommen, um nach dem Rechten zu sehen. Keine große Sache.«

»Aber, Jenny, du hast doch gesagt, du dachtest ...«

»Aber das ist mein Problem, verstehst du das denn nicht? Ich mach' mir immer viel zu viel Gedanken und fantasiere mir verrücktes Zeug zusammen. Auch wenn der Nachbar ein bisschen hinterhältig aussah – und das tun viele Nachbarn –, heißt das noch lange nicht, dass er bei mir einbrechen will, um mich dann in kleine Stücke zu schneiden.«

»Mmmmh mpf«, erwiderte Laura.

»Häh?«

Die beiden saßen am hintersten Tisch im »Pizzaofen«.

Es war Freitagnachmittag, viertel nach drei. Normalerweise war die Pizzeria um diese Zeit voll mit Schülern der Harrison Highschool. Aber aus irgendeinem Grund waren heute nur einige wenige Jugendliche da. Jenny und Laura saßen am liebsten am hinteren Tisch, auch wenn die Bezüge der Bank total zerschlissen waren und der Tisch den Toiletten direkt gegenüberstand. Aber von hier aus konnte man das ganze Lokal einsehen und auch, wer gerade zur Tür hereinkam, ohne selbst sofort entdeckt zu werden.

»Glaubst du, das ist echter Käse?«, fragte Laura nun und zog mit zwei Fingern einen Käsefaden von ihrer Pizza, der bestimmt schon sechzig Zentimeter lang war, bevor er riss.

»Ich weiß nicht. Doch, natürlich, was soll es denn sonst sein?«

»Ich hab'im Fernsehen gesehen, dass einige Pizzerien falschen Käse verwenden. Du weißt schon, so'n künstliches Zeug, das nur aus Chemikalien und Geschmacksverstärkern besteht.«

Jenny biss ein großes Stück ab, quasi zu wissenschaftlichen Zwecken, und sagte dann: »Es schmeckt wie Käse, na zumindest ein bisschen ... Warum musst du mir immer mit so beunruhigenden Nachrichten kommen? Ich meine, wenn man schon nicht mehr daran glauben kann, dass die Pizza echt ist, woran kann man denn dann noch glauben?«

»Ich würde gern an *den da* glauben«, sagte Laura und ließ ihr Stück Pizza auf den Teller fallen, um sich ganz der Betrachtung eines großen Jungen mit welligem blondem Haar zu widmen, der eine trendige Baggyhose und ein Kapuzenshirt trug. »Kennst du den? Sieh dir doch nur an, wie er lächelt! Er sieht aus, als wäre er gerade einem Film entsprungen.«

»Hab' ihn noch nie gesehen«, meinte Jenny und

wandte sich wieder ihrer Pizza zu, froh, endlich was zwischen die Zähne zu bekommen. Sie hatte es den ganzen Tag vor Hunger kaum noch ausgehalten. »Was ist denn mit dir und Eugene?«

»Mit wem?«

»Laura, jetzt starr den Typ doch nicht so an!«

»Meinst du, es ist zu offensichtlich?«

»Nun, nicht die Sache mit dem Hingucken«, erklärte Jenny, »aber das Sabbern solltest du echt lassen ... Ich hab' dich nach Eugene gefragt.«

»Ich glaube, ich werd' mit ihm Schluss machen.«

»Warum denn das?«

»Es bleibt mir wohl nichts anderes übrig. Du kannst dir nicht vorstellen, wer mich in die Disco eingeladen hat.«

»Sag schon! Wer?«

»Versprich mir, dass du nicht lachst.«

»Okay, Laura, ich versprech's dir – das heißt, ich werd's versuchen. Also, wer hat dich gefragt?«

»Bob Tanner.«

»Was? Du machst wohl Witze?«

»Du sollst nicht lachen!«

»Aber du hast doch gesagt, er ist dir zu groß ..."

»Na ja, er hat sich zu mir heruntergebeugt, als er mich gefragt hat.«

»Aber ich dachte, du und Eugene ..."

»Es ist vorbei. Irgendwie ist es mit ihm total langweilig geworden, wenn du weißt, was ich meine«, erklärte Laura und Jenny dachte: *Sie sind nur zwei Wochen zusammen gewesen, und jetzt ist es schon langweilig?* Aber das sagte Jenny Laura nicht.

Laura war so hübsch, dass sie wirklich jeden Jungen haben konnte. Doch Jenny fand es irgendwie traurig, dass ihre Freundin sie alle wollte. Ende des Sommers hatte sie mit Rick Danielson Schluss gemacht. Die beiden waren fast drei Monate zusammen gegangen. Eine ziemlich lange Zeit für Laura. Seitdem war sie mit wenigstens drei anderen Jungen zusammen gewesen und nun kurz davor, Eugene in die Wüste zu schicken.

Ich würde mich für einen entscheiden und bei ihm bleiben, überlegte Jenny. *Für einen, der's ernst meint.* Und wieder fühlte sie sich nichts sagend und langweilig im Vergleich zu Laura. Warum konnte sie Jungen nicht so ansehen wie Laura es tat, oder sie die ganze Zeit anfassen, wenn sie mit ihnen sprach, so wie Laura, oder sich echt verführerisch und sexy benehmen, ohne dass es ihr peinlich war?

»Wir sind eigentlich sowieso nur zusammen gegangen, weil wir nicht wussten, was wir sonst tun sollten«, erklärte Laura nun und Jenny biss noch einmal von ihrer Pizza ab. Ihr schmeckte nach gar nichts. Vielleicht verwendete der Pizzaofen doch künstlichen Käse. Igitt!

Der blonde Junge mit dem Kapuzenshirt ging gerade mit einem großen schwarzhaarigen Mädchen hinaus, und Laura konnte nun ihre Aufmerksamkeit wieder ganz Jenny zuwenden. »Also, behälst du nun den Job?«

»Ja, ich glaub' schon. Sie zahlen mir zehn Dollar die Stunde, weil es so weit von zu Hause ist. Und ich kann das Geld echt gut gebrauchen. Dann kann ich dieses Jahr endlich mal richtige Weihnachtsgeschenke kaufen und auch meiner Mutter ein bisschen aushelfen.«

»Aber du hast doch gesagt, das Haus wäre total gruselig, und du hättest dich zu Tode gefürchtet. Was is'n mit dem komischen Nachbarn, und so?«

»Das hab ich mir alles nur eingebildet, Laura. Das ist nur meiner Fantasie entsprungen. Ich hab' Panik geschoben, weil ich die Schritte gehört hab', und schließlich hat sich rausgestellt, dass es Donny war. Auch der Nachbar war eigentlich ganz in Ordnung. Wenn ich nicht ohnehin schon so aufgeregt gewesen wäre, hätte er mir überhaupt keine Angst gemacht. Ich hab' mir selbst Angst gemacht. Das ist alles. Das nächste Mal bin ich cooler.«

»Und der Kleine ist auch wirklich nicht so schlimm?«

»Nein, er ist ganz süß. Ich glaube allerdings, dass er seinen Babysitter gern ein bisschen erschreckt. Das ist für ihn so eine Art Spiel, denke ich. Ich muss mal mit ihm darüber reden. Aber er ist in Ordnung, ehrlich. Auch wenn sein Vater einem ein bisschen auf die Nerven gehen kann.«

Laura trank einen großen Schluck Cola. »Was meinst du damit?«

»Er ist so'n Übervorsichtiger. Ich glaube, diese Berichte von den Überfällen auf Babysitter haben ihn irgendwie ganz verrückt gemacht. Ich weiß auch nicht. Als er mich nach Hause gefahren hat, hat er mich die ganze Zeit gefragt, ob es auch gut gelaufen ist, ob alles okay war und ob Donny okay war. Ich glaub', *das* hat er mich bestimmt zwanzig Mal gefragt.«

»Vielleicht war er einfach nur nervös, weil es dein erster Abend gewesen ist.«

»Ja, vielleicht. Vielleicht beruhigt er sich mit der Zeit. Er hat seinen Sohn wirklich gern. Das kann man sofort sehen. Und seine Frau ist echt nett. Sie macht immer Witze darüber, wie nervös ihr Mann ist und was er für'n Angsthase ist. Ich glaub, sie ist das schon gewöhnt.«

»Nun ... es ist aber schon hart, dass du dann keinen Samstagabend mehr frei hast«, bedauerte Laura, während sie zusah, wie eine Gruppe von Harrison-Schülern hereinkam, die sich laut lachend und sich gegenseitig anrempelnd durch die Tür schoben.

»Eigentlich nicht, nicht für mich«, log Jenny und hoffte, dass Laura nicht heraushörte, wie niedergeschlagen sie sich fühlte. Damit Laura es ihr auch nicht vom Gesicht ablesen konnte, sah sie schnell weg.

»Habt ihr mir 'ne Pepperoni übergelassen?«, ließ sich da plötzlich eine Jungenstimme ganz in ihrer Nähe vernehmen, und vor Schreck schrien Jenny und Laura ganz laut auf.

Wo war die Stimme bloß hergekommen?

Da tauchte Chuck mit einem breiten Grinsen auf dem sommersprossigen Gesicht unter dem Tisch auf. Er schien sehr zufrieden darüber zu sein, dass es ihm gelungen war, die beiden so zu erschrecken. Auf halbem Weg nach oben hielt er inne und stützte das Kinn auf die Tischplatte.

»Chuck, was hast du da unterm Tisch gemacht?«, kreischte Laura.

»Nichts, nur euch unter den Rock geguckt. Haha!« Sein Grinsen wurde noch breiter, seine blauen Augen sprühten regelrecht Feuer.

»Du Idiot!«, schimpfte Laura. »Und außerdem hab' ich überhaupt keinen Rock an.«

»Dann weiß ich auch nicht, was ich unterm Tisch gemacht hab«, sagte Chuck.

»Wie lang warst du da unten?«, wollte Jenny nun wissen, die sich Sorgen machte, dass Chuck womöglich irgendwas ganz Peinliches mit angehört hatte, und sich jetzt krampfhaft überlegte, worüber sie gesprochen hatten.

»Seit Dienstag, glaube ich.« Chuck stand ganz auf und quetschte sich neben Jenny auf die Bank. »Nein, rutsch nicht zur Seite«, bat er und legte ihr einen Arm um die Schultern. »Ich find's so ganz gemütlich.« Er strahlte sie an, und Jenny hatte den Eindruck, als hätte er vierhundert perfekt weiße Zähne.

»Wie schön, dass wenigstens du es bequem hast«, erwiderte sie spöttisch und hob mit beiden Händen seinen Arm von ihren Schultern. Dabei stellte sie fest, dass Chuck große Hände hatte. Er war ohnehin ganz schön groß, hatte breite Schultern und muskulöse Arme. Er sah aus wie ein Rugby-Spieler oder ein Ringer.

Chuck nahm das letzte Restchen Pizza von ihrem Teller, das eigentlich nur noch aus Kruste bestand, und stellte fest: »Unsere erste gemeinsame Pizza.« Dann hielt er das Stück wie eine Trophäre hoch. »Wenn ich nach Hause komme, klebe ich es sofort in mein Poesiealbum.« Daraufhin steckte er es in die Hosentasche. »Mein Poesiealbum ist ziemlich unordentlich und schmutzig.«

»Deine Mutter ist bestimmt begeistert, wenn sie deine Klamotten wäscht«, sagte Jenny.

»Ich lebe bei meinem Vater und wasche meine Sachen selbst«, überraschte Chuck Jenny und auch damit, dass er zur Abwechslung einmal ernst war.

»Ich muss jetzt nach Hause«, erklärte Laura und schob ihren Stuhl zurück.

»O nein!« protestierte Jenny. »Du kannst mich doch nicht mit *dem da* allein lassen!« Sie hatte es irgendwie scherzhaft gemeint und hoffte, dass Chuck es auch so auffasste. Als sie zu ihm hinübersah, schien er nicht verletzt. Vielleicht war er es schon gewohnt, dass Mädchen in seinem Beisein so etwas sagten.

»Ich dachte schon, sie geht überhaupt nicht mehr«, erklärte Chuck laut, obwohl Laura immer noch da war. Wieder legte er Jenny seinen schweren Arm um die Schultern.

»Ich muss jetzt wirklich nach Hause«, wiederholte Laura, blieb aber sitzen.

»Mir wär's auch lieber, wenn du gehst«, sagte Chuck, »auch wenn's unhöflich ist, das zu sagen. Haha!«

Jenny lachte, und Laura sah sie ganz erstaunt an. »Findest du das etwa witzig? Ich find's gemein.«

»Es ist schon irgenwie komisch«, fand Jenny, und

Chuck holte das Stück Pizza wieder aus der Tasche und schob es sich in den Mund.

Nun stand Laura auf und zog ihr weiß-braunes Harrison High-Sweatshirt über. »Bis später dann!«, stieß sie hervor und warf ihrer Freundin einen viel sagenden Blick zu, bevor sie zur Tür eilte.

Verlegen betrachtete Jenny die rote Tischplatte und überlegte, ob sie versuchen sollte, sich mit Chuck zu unterhalten, oder ob sie sich auch eine Ausrede einfallen lassen sollte, um gehenzu können. War es überhaupt möglich, normal mit Chuck zu reden, oder würde er die ganze Zeit nur rumflachsen? Und wie wurde sie nur seinen Arm wieder los? Sie hatte das Gefühl, als lasteten Gewichte auf ihrer Schulter!

»Macht es dir was aus, dich auf die andere Seite zu setzen?«, fragte sie schließlich, nachdem sie entschieden hatte, ein bisschen mit Chuck zu reden.

»Ich darf bleiben?«, fragte er ehrlich erstaunt. Dann fuhr er sich durch sein lockiges Haar und setzte sich Jenny gegenüber.

»Seit wann wohnst du in Harrison?« Das war als Testfrage gedacht, um zu sehen, ob Chuck auch wirklich ernst sein konnte.

»Mein Dad und ich sind vor gut einem Monat vom Mars hierhergezogen.«

Mist, er war durchgefallen. Jenny verdrehte die Augen. »Und in was für 'nem Raumschiff? Wollt ihr unseren Planeten einnehmen oder seid ihr in friedlicher Mission hier?«

»Nein, ich mein's ernst«, beharrte Chuck. »Wir kommen vielleicht nicht *vom* Mars, aber *aus* Mars. Es liegt nördlich von Pittsburgh, in Pennsylvania.«

»Du nimmst mich doch auf den Arm?«

Chuck lachte und hatte dabei ein Grübchen in der rechten Wange. Mit seinen blonden Locken und den

Sommersprossen auf dem Gesicht erinnerte er Jenny an Huckleberry Finn. Irgendwie sah er niedlich aus, aber andererseits auch wieder wie ein Clown.

»Ich schwör's dir«, sagte er und hob die rechte Hand. »Ich komme von Mars. Du kannst es auf der Landkarte überprüfen. Es liegt in der Nähe von Frisco.«

»San Francisco?«

»Nein, Frisco. Frisco, Pennsylvania.« Wieder hob er die Hand. »Kein Witz. Ich schwöre es beim Grab meiner Mutter.«

»Ist deine Mutter denn tot?«

»Na ja ... eigentlich nicht.«

Sie lachten.

»Ich glaub' immer noch, dass du mich auf den Arm nehmen willst«, sagte Jenny.

»Ich bring dir mal eine Karte von Pennsylvania mit. Mars ist eine winzige Stadt. Sie liegt an der alten Eisenbahnlinie zwischen Baltimore und Ohio. In Mars ist nicht viel los. Der Name ist das einzig Interessante daran.«

»Irgendwas stimmt mit mir nicht«, gestand Jenny. »Ich fang an, dir zu glauben.«

Chuck lächelte sie einfach nur an.

Die Bedienung kam an ihren Tisch, um zu fragen, ob sie noch was wollten. Chuck bestellte eine Pepperonipizza. »Mir reicht das. Darf ich dir auch was bestellen?«, fragte er Jenny dann aus Spaß.

»Bringen Sie zwei Pepperonipizzen«, sagte Jenny zu der Bedienung – auch aus Spaß.

Die Frau nahm die Bestellung auf und verschwand.

»He, Moment!«, rief Jenny ihr hinterher, aber die Frau konnte sie nicht hören, weil die Schüler am ersten Tisch so laut lachten und herumalberten. »Mensch, sie hat geglaubt, dass ich es ernst meine«, sagte Jenny zu Chuck.

»Ich auch«, gab er grinsend zurück.

»Da hast du dich aber auf was eingelassen!« erklärte Jenny und lächelte ebenfalls. »Ich hab' nämlich überhaupt kein Geld mehr. Haha!«

Sofort sprang Chuck vom Tisch auf und sprintete vor an die Theke. »Stornieren Sie die eine Pizza!«

Die Frau nickte.

Auf dem Rückweg blieb er am ersten Tisch neben dem Eingang stehen und unterhielt sich mit den Harrisoner Jugendlichen.

Chuck ist wirklich ganz außergewöhnlich, dachte Jenny, die ihn beobachtete, *erst seit wenigen Wochen in der Schule, und schon kennt er jeden! Zumindest scheinen alle zu wissen, wer er ist.*

Sie konnte nicht verstehen, was Chuck sagte, aber sie hörte die anderen am Tisch lachen. Wie immer riss Chuck seine Witze.

Als er sich wieder zu Jenny setzte, war sie ganz erstaunt, ihn mit ernstem Gesichtsausdruck zu sehen. »Hast du Samstagabend schon was vor?«, fragte er, sah Jenny dabei aber nicht an, sondern auf die rote Tischplatte.

»Ja«, antwortete Jenny wahrheitsgemäß.

»Schön für dich«, sagte er, »ich nämlich auch!« Dann brach er in schallendes Gelächter aus, das sich für Jenny allerdings ziemlich gezwungen anhörte.

Er ist wirklich enttäuscht, dachte sie, *und versteckt es hinter einem Witz.* Dabei wurde ihr klar, dass sie soeben, was Chuck betraf, eine wichtige Feststellung gemacht hatte.

»Hast du mich gerade wirklich gebeten, mit dir auszugehen?« Das war eine Frage, die Jenny unheimlich viel Überwindung kostete. Aber sie wollte es wirklich wissen.

Wieder senkte Chuck den Blick, sagte aber: »Ja.«

»Ich würde auch gern mal mit dir weggehen«, erklärte sie daraufhin und war überrascht, dass sie ihm das so einfach sagen konnte, »aber ich hab'einen Job. Donnerstag- und Samstagabends muss ich immer babysitten.«

»Wie wär's dann vielleicht mit Samstagmorgen?«, fragte Chuck, und seine Miene hellte sich auf. »Wir könnten früh aufstehen und zusehen, wie beim Kwik Wash die dicken Schlitten gewaschen werden, und uns vorstellen, wir wären am Meer.«

Jenny lachte. »Ich glaub', das ist nichts für mich.«

»Dann hab ich noch 'ne bessere Idee.« Nervös trommelte er mit seinen großen Händen auf die Tischplatte, während sein Gehirn auf Hochtouren arbeitete. »Ich komm' Samstagabend vorbei, wenn du babysittest.«

»Das ist keine gute Idee«, sagte Jenny rasch.

»War das ein Ja?«

»Nein, das war ein Nein.«

Chuck hielt sich eine Hand ans Ohr. »Was? Ich versteh dich so schlecht. Hast du ja gesagt?«

»Nein, ich habe nein gesagt«, schrie Jenny, obwohl sie ganz genau wusste, dass Chuck sie nur zu gut verstanden hatte.

»Wann soll ich vorbeikommen?«

»Überhaupt nicht. Ich will das nicht.«

»Du musst doch nicht betteln, ich komm ja. Ist neun Uhr zu spät?«

»Chuck!« Jenny hätte sich dafür ohrfeigen können, dass sie so ungehalten klang, aber es war nichts mehr daran zu ändern. Chuck konnte echt nerven. »*Siehst* du eigentlich *nie ein*, wenn es genug ist?«

»Nein. Wann denn? Das versuche ich doch gerade herauszubekommen. Wann soll ich bei dir *reinsehen*?«

Böse stand Jenny auf. »Ich finde das nicht mehr witzig.«

»Wer ist denn hier witzig? Ich mein's ernst.«

Machte er das eigentlich extra? Wollte er, dass sie sich von ihm abgestoßen fühlte?

Sie hatte sich wirklich gern mit ihm unterhalten und sogar schon angefangen, ihn zu mögen. Sie hatte gehofft, ihn von seinem ewigen Herumalbern und Feixen abhalten zu können. Aber jetzt benahm er sich absichtlich unmöglich. Warum versuchte er bloß, sie gegen sich aufzubringen? Weil sie ihm einen Korb gegeben hatte?

»Ich muss jetzt gehen«, erklärte Jenny rasch, nahm ihre Funfur-Jacke und den Rucksack.

»Okay, wenn du weg musst, musst du weg«, erwiderte Chuck achselzuckend. »He, und was ist mit deiner Pizzahälfte?«

»Kleb' sie in dein Poesiealbum!«, antwortete Jenny und war stolz auf ihre schlagfertige Anwort, durch die sie sich wenigstens einen guten Abgang verschaffen konnte. Dann verließ sie rasch die Pizzeria.

6.

»Tut mir Leid, dass ich schon wieder zu spät dran bin«, entschuldigte Jenny sich bei Mr. Hagen, während sie ihren Rucksack abnahm und die Jacke auszog. »Der Bus hatte einen Platten. Können Sie sich das vorstellen? Wir konnten überhaupt nicht weiter. Sie mussten einen anderen Bus rufen, weil der Fahrer den Reifen nicht wechseln wollte, hat wohl was mit der Gewerkschaft zu tun.« Erst jetzt wurde Jenny bewusst, dass sie unheimlich viel redete. Aber sie hatte ein so schlechtes Gewissen, weil sie nun schon zwei Abende hintereinander zu spät gekommen war.

»Du solltest ein bisschen früher losfahren«, riet ihr Mr. Hagen und zog nervös an seiner Krawatte.

»Es ist schon in Ordnung«, erklärte da seine Frau und sah ihren Mann stirnrunzelnd an. »Du weißt doch, dass wir noch genug Zeit haben.« Dann nahm sie Jennys Jacke und reichte sie ihrem Mann. Er ging schon auf die Garderobe zu, als ihm wohl wieder einfiel, dass die Tür klemmte. Deshalb sprintete er die Treppe hinauf zum Wandschrank im Schlafzimmer.

»Achte gar nicht auf ihn«, flüsterte Mrs. Hagen Jenny vertraulich zu, wobei sie sich ganz nah zu ihrem Ohr hinunterbeugte, sodass Jenny ihr Parfüm riechen konnte. Ihre Mutter benutzte das gleiche. »In letzter Zeit ist er sehr nervös, deshalb habe ich auch beschlossen, zweimal in der Woche mit ihm auszugehen.«

»Ich verstehe«, sagte Jenny und kam sich irgendwie blöd vor, weil ihr nichts anderes einfiel. Welche Antwort hatte Mrs. Hagen wohl von ihr erwartet?

»Ich glaube, es liegt an dem neuen Job und dem neuen Haus«, fuhr Mrs. Hagen mit leiser Stimme fort, während sie die Treppe hinaufsah, um sich zu vergewissern, dass ihr Mann nicht wieder herunterkam. »Er ist wirklich ein ganz lieber Mensch, aber in letzter Zeit scheint ihn irgendwie alles aufzuregen. Er ist jetzt viel ängstlicher als früher.«

Jenny wollte schon wieder antworten, beschloss dann aber, einfach nur zu nicken.

»Ich versuche, so viel wie möglich von ihm fern zu halten«, fuhr Mrs. Hagen im Flüsterton fort. »Wenn hier irgendwas im Haus nicht ganz so klappt, wäre ich dir wirklich sehr dankbar, wenn du meinen Mann damit nicht behelligen würdest. Du weißt schon, was ich meine.«

»Na klar«, antwortete Jenny, die sich geschmeichelt

fühlte, dass Mrs. Hagen mit ihr wie mit einer Erwachsenen redete und sie gewissermaßen ins Vertrauen zog.

Da erschien Mr. Hagen wieder auf der Treppe, und seine Frau setzte rasch ein Lächeln auf.

»Versuch Donny heute ein bisschen früher ins Bett zu bekommen«, sagte er zu Jenny und nahm seinen grauen Wollmantel vom Geländer, den er dort abgelegt hatte. »Er sieht mir heute ein wenig blass aus. Vielleicht hat er sich irgendwas eingefangen.«

»Ich finde, er sieht ganz normal aus«, sagte Mrs. Hagen leichthin. »Du weißt doch, dass er einen hellen Teint hat, Mike.«

»Aber nicht heute«, beharrte Mr. Hagen und fuhr zu Jenny gewandt fort: »Die Nummer, unter der wir zu erreichen sind, steht auf dem Block in der Küche.«

»Das weiß sie doch alles«, sagte seine Frau und nahm ihn bei der Hand. »Bis später dann, Jenny. Es wird nicht allzu spät werden. Wir gehen zu einer ganz langweiligen Party.«

»Du musst unbedingt darauf achten, dass alle Türen abgeschlossen und die Vorhänge zugezogen sind«, warnte Mr. Hagen Jenny noch einmal, kurz bevor er und seine Frau das Haus verließen. Sie nickte, schloss hinter ihnen ab und machte sich auf die Suche nach dem Jungen.

Er war im Fernsehzimmer und spielte mit einem Haufen kleiner Action-Figuren – irgendwelche Weltraumkrieger. Als er Jenny hereinkommen sah, ließ er die Figuren fallen. »Lass uns Verstecken spielen!«, schlug er vor.

»Sagst du mir gar nicht hallo?«, fragte Jenny und tat verletzt.

»Hallo. Wollen wir Verstecken spielen?«

»Nein, ich habe keine Lust«, sagte Jenny und streckte sich. »Irgendwie bin ich heute ziemlich müde. Warum kuscheln wir uns nicht zusammen in den großen Lehnstuhl und sehen uns ein Video an?«

»Dazu habe *ich* keine Lust«, erklärte Donny stur und schob schmollend die Unterlippe vor, um Jenny zu zeigen, dass er es ernst meinte.

»Mal sehen, ob du es schaffst, heute Abend nicht mehr zu sagen: ›Ich habe keine Lust‹«, sagte Jenny und setzte sich auf die Stuhlkante.

»Dazu habe ich keine Lust«, sagte Donny, und Jenny dachte: *Das habe ich wohl provoziert.*

»Ich will aber Verstecken spielen«, beharrte Donny, fasste Jenny bei der Hand und versuchte, sie vom Stuhl zu ziehen.

»Hör auf damit, Donny. Ich hab' dir doch gesagt, dass ich keine Lust dazu habe. Ich will fernsehen«, erklärte Jenny. Sie bemerkte, dass sie sich ganz schön launisch anhörte.

»Warum schließen wir keinen Kompromiss?«, schlug Donny nun vor. Es klang, als sei er plötzlich der Ältere.

»Kompromiss? Wo hast du denn das Wort her?«, fragte Jenny lachend.

»Ich hab's natürlich in der Schule gelernt, Mensch!«

»Okay, also wie sieht dein Kompromiss aus?«

»Wir spielen nur *ein bisschen* Verstecken!«

Jetzt mussten sie beide lachen. Donny wusste, dass das witzig gewesen war und man ihm unmöglich etwas abschlagen konnte. Er war einfach zu clever, zu süß und zu knuddelig.

Jenny fuhr ihm freundschaftlich durchs weiche Haar. »Meinetwegen. Spielen wir also ein bisschen Verstecken. Du versteckst dich zuerst. Aber mach' es mir nicht so schwer, verstanden?«

Der Junge war bereits aus dem Zimmer gespurtet. »Zähl bis hundert, Jenny!«, rief er von draußen.

Sie zählte einen Moment lang leise vor sich hin und

hörte dann auf. Dieses Haus mit seinen zahlreichen Zimmern, vollgestopft mit alten Möbeln, mit seinen dunklen, leeren Fluren, tiefen Wandschränken und Dutzenden von Winkeln und Nischen war geradezu ideal zum Versteckenspielen. Besonders wenn man derjenige war, der sich verstecken durfte.

Warum bin ich nur so nervös? überlegte Jenny und ahnte eigentlich schon den Grund. Sie wollte Donny viel lieber im Auge behalten und wissen, wo er sich aufhielt. Sie konnte sich nicht so in dem Spiel verlieren, wie sie das als Kind getan hatte. Sie musste verantwortlich handeln.

Warum aber hatte sie so ein beklemmendes Gefühl? Was war die Erklärung dafür?

Jenny kam zu dem Schluss, dass sie lernen musste, Donny auch einmal etwas abzuschlagen. Nur, weil sie nicht nein sagen konnte, musste sie jetzt dieses dämliche Spiel spielen, zu dem sie überhaupt keine Lust hatte.

» ... achtundneunzig, neunundneunzig, hundert. Ich komme!«, rief sie.

Zuerst ging sie schnell durchs Wohnzimmer und hielt ihren Blick dabei nach unten gerichtet, sah unter Stühlen und Tischen nach, obwohl sie wusste, dass der Junge sich höchstwahrscheinlich in einem anderen Zimmer versteckt hatte. »Ich komme!«, wiederholte sie noch einmal laut, in der Hoffnung, er würde ihr irgendwie darauf antworten und sich damit verraten.

Als sie draußen ein Auto vorbeifahren hörte, hielt sie inne. Sie stand am Kamin und lauschte, um festzustellen, ob der Wagen anhielt oder weiterfuhr. Er fuhr weiter. »Okay, ich komme jetzt und werde dich finden!«, rief sie daraufhin.

Als sie den rückwärtigen Flur betrat, hörte sie ein Geräusch. Ein Kichern aus einem Zimmer, in dem sie noch nie gewesen war? Sie betrat einen dunklen Raum und tastete an der Wand nach dem Lichtschalter. Als sie ihn gefunden hatte, erhellte eine alte Jugendstillampe, die in der Ecke stand, den Raum mit einem schwachen orangefarbenen Licht.

Was war denn das für ein Zimmer? Anscheinend ein zweites Wohnzimmer. Alle Möbel, ein großer Lehnstuhl, zwei Stühle mit hohen Rückenlehnen und zwei einander gegenüberstehende Sofas, die mit Bettlaken abgedeckt waren. Der ganze Raum lag unter einer dicken Staubschicht. Die einzig funktionierende Lampe war dicht mit Spinnweben überzogen, sodass dadurch eine Menge Licht ausgefiltert und gespenstische Schatten auf die bräunliche Tapete geworfen wurden.

Das Zimmer sah wie aus einem Film über ein verwunschenes Schloss aus. Jenny konnte sich lebhaft vorstellen, wie sich die Laken von den Möbeln geisterhaft erhoben und hinter ihr herschwebten.

»Donny, hast du dich hier versteckt?«, rief Jenny mit leicht zitternder Stimme.

Unter dem Laken auf einem der hohen Lehnstühle war eine Ausbeulung. Ob Donny tatsächlich unter den staubigen Überwurf gekrabbelt war, um sich auf dem Polster zusammenzukauern? Leise näherte sich Jenny dem Stuhl. Alles roch nach Staub und Schimmel, sodass sie bald das Gefühl hatte, keine Luft mehr zu bekommen. »Donny, bist du hier?«, rief sie noch einmal.

Keine Antwort.

Sie schlich noch näher an den Stuhl heran und ergriff einen Zipfel des Lakens. Rasch zog sie es herunter, wobei sich eine Staubwolke erhob.

Kein Donny, nur ein Kissen.

Von dem aufgewirbelten Staub musste Jenny husten. »Ich geh' jetzt hier raus«, sagte sie laut. Sie drehte sich um und verließ schnell das Zimmer, wobei sie das Licht löschte und den staubigen Raum wieder der Dunkelheit überließ. Immer noch hustend, machte sie sich auf den Weg zur Speisekammer. Die unteren Bretter waren leer und boten ein ideales Versteck. Was war denn das für ein Geräusch in der Küche? Kam es von Donny? Jenny blieb stehen und lauschte. Nein, vielleicht war es gar nicht aus der Küche gekommen, sondern rührte nur von den knarrenden Dielen im Flur her.

Doch da war es schon wieder. Keine Schritte, aber irgendwie ein ächzendes Geräusch. Jenny ging an der Speisekammer vorbei und spähte in die Waschküche. »Ich hab' dich!«, rief sie und rannte auf die Waschmaschine und den Trockner zu, hinter denen sie Donny vermutete. Er war aber nicht da.

Sie machte auf dem Absatz kehrt. »Okay, Donny, ich komme jetzt. Ich weiß, dass du in der Küche bist«, rief sie, als sie bei der Küche angekommen war.

Nichts.

Wieder hörte sie dieses Ächzen, es war hinter ihr. War es einfach nur das Haus, dessen Balken knarrten? Der alte Kasten machte unzählige Geräusche, die alle irgendwie Furcht erregend und geheimnisvoll waren. Wieder blieb Jenny stehen, um zu lauschen. Lief da jemand durch die Eingangshalle? Einem plötzlichen Impuls folgend, drehte sich das Mädchen um und rannte so schnell sie konnte zur Treppe zurück.

Aber da war niemand.

Niedergeschlagen ging sie langsam durch den langen Flur zur Küche zurück. In ihrem Magen fing es an zu rumoren, und sie wünschte, dieses Spiel niemals begonnen zu haben und ihm JETZT SOFORT ein Ende machen zu können. Sie riss eine niedrige Wandschranktür im Flur auf und rief: »Ich hab' dich!«

Aber Donny war auch da nicht drin.

»Donny, können wir jetzt aufhören?«

Nichts.

»Hörst du mich? Ich will nicht weiterspielen.«

Keine Antwort, dafür wieder das Ächzen und ein Klicken, so als sei ein Küchengerät angegangen.

»Donny?«

Jenny bückte sich unter den Küchentisch. Kein Donny. Dann zog sie den Putzmittelschrank auf. Kein Donny.

»Ich geb' auf! Du hast dich viel zu gut versteckt. *Ich geb' auf!*«

Nichts, nicht einmal mehr ein Ächzen.

Was, wenn er sich ein gefährliches Versteck ausgesucht hatte und nicht mehr herauskam? Was, wenn ihm etwas passiert war? Was, wenn er hingefallen war und sich den Kopf angestoßen hatte und jetzt bewusstlos im Keller lag, und ...

HÖR AUF DAMIT!

»Donny, ich geb' auf! Du kannst jetzt rauskommen!«

Vielleicht war er doch nicht in der Küche. Vielleicht konnte er sie einfach nicht hören. Jenny war gerade im Begriff, die Küche zu verlassen, als die schmale Tür aufflog, hinter der das Bügelbrett aufbewahrt wurde, und eine kleine Gestalt auf Jenny zuflog.

»AUTSCH!« Jenny hatte sich so erschrocken, dass sie hingefallen war. Unmittelbar danach krachte das Bügelbrett mit einem ohrenbetäubenden Knall neben ihr auf den Boden. Und zu allem Überfluss stürzte sich Donny jetzt auch noch auf sie.

»Donny!«, schimpfte Jenny laut. »Du hast mich zu Tode erschreckt!«

Lachend und triumphierend tobte der Junge auf der nach wie vor am Boden liegenden Jenny herum und fand das Ganze auch noch unheimlich komisch.

»Geh von mir runter! Runter mit dir! Du hast mir wirklich eine Heidenangst gemacht.«

Aber ihre Protestrufe ließen Donny kalt, und er lachte nur noch lauter. Endlich hörte er auf und half Jenny auf die Beine. »Jetzt bist du mit dem Verstecken dran«, sagte er.

»Oh nein!«, rief Jenny. »Das Spiel ist aus.«

»Mädchen! Schisser!«

»Nenn mich nicht so, Donny! Außerdem ist es Zeit fürs Bett.«

Es dauerte noch eine ganze Dreiviertelstunde, bevor Jenny ihn im Bett hatte. Er war so aufgedreht von seinem Erfolg beim Versteckenspielen, dass er sich gar nicht beruhigen konnte. Jenny musste ihm drei Geschichten vorlesen, eine Zeit lang mit seinen Stofftieren spielen, ihm eine Schale Cornflakes holen und dann auch noch zwei Gläser Apfelsaft, bevor er sich hinlegte.

Als sie endlich die Treppe hinunterging, war sie total erledigt und fühlte sich immer noch ein bisschen zittrig – von dem Schrecken, den Donny ihr eingejagt hatte. Sie hatte eine Menge Hausaufgaben mitgebracht, wusste aber genau, dass sie gar nicht dazu käme, ihre Bücher und Hefte aufzuschlagen, weil sie vorher bestimmt vorm Fernseher einnickte.

Auf halber Treppe hörte sie das Telefon klingeln. Wo stand der nächste Apparat? In der Küche? Nein, im Fernsehzimmer. Jenny rannte durchs Wohnzimmer und erreichte beim vierten Klingeln das Telefon auf dem Tischchen im Fernsehraum. Es war ein altmodischer schwarzer Apparat mit Wählscheibe. Als sie den Hörer ans Ohr hielt, war sie erstaunt von seinem Gewicht. »Hallo?«, fragte sie noch ganz außer Atem. »Hallo?«

Nichts.

»Hallo?«

Es war nichts zu hören. Vielleicht funktionierte das alte Ding nicht mehr richtig. Aber dann hörte Jenny doch etwas – ein leises Atmen. Da war ganz eindeutig jemand am Telefon.

»Hallo?« Ihre Stimme klang unnatürlich, irgendwie viel zu hoch und angestrengt. Jenny hatte Mühe, vor Aufregung nicht selbst laut in den Hörer zu pusten, als sie wieder das Atmen am anderen Ende hörte, diesmal nur ein wenig lauter.

»Hallo? Wer ist denn da? Hier ist der Anschluss der Familie Hagen.«

Das Atmen wurde noch lauter.

Wollte ihr da jemand Angst machen?

»Hallo? Hallo?«

Wieder nur lautes Atmen. Wer immer da am anderen Ende war, stöhnte jetzt irgendwie ins Telefon.

Was geht hier eigentlich vor?, fragte sich Jenny und fühlte, wie Angst in ihr hochstieg. »Hallo?«, fragte sie noch einmal. »Was wollen Sie?«

Das laute Atmen ging weiter.

Plötzlich hatte Jenny eine Idee, wer es sein könnte. Eine ganz verrückte, blöde Idee, die nur jemand mit einer so regen Vorstellungskraft wie sie haben konnte.

Natürlich, dachte sie, *ist es ganz unmöglich, dass da am anderen Ende der Leitung die Person ist, die ich vermute. Aber ich muss mich einfach vergewissern.*

Ganz vorsichtig legte sie den Hörer auf die grüne Filzunterlage auf dem Tischchen, bevor sie so schnell und leise wie möglich aus dem Fernsehraum, durchs Wohnzimmer und die Treppe hinaufrannte. Natürlich war das ganz verrückt. Völlig durchgeknallt. Eigentlich war es unmöglich, dass Donny so laut ins Telefon atmete. Das war wirklich die abgefahrenste Idee, die sie jemals gehabt hatte! Aber als Jenny oben angekommen war und in Donnys Zimmer platzte, sah sie ihn bei seinem niedrigen weißen Schreibtisch stehen und den Telefonhörer fest in der Hand halten.

7.

»Donny!«, rief Jenny empört.

Erschrocken sah er auf, machte ganz große Augen und wurde auf der Stelle kalkweiß. Sie riss ihm den Hörer aus der Hand und hielt ihn ans Ohr. Kein Freizeichen.

»Donny, wieso hast du das gemacht?«

Sein Gesichtsausdruck verzog sich ängstlich. Er sah aus, als würde er jeden Augenblick anfangen zu weinen. »Du ... hast mir ... Angst gemacht ... Jenny.«

»Was wolltest du am Telefon?«

»Zuhören.« Tränen traten in seine großen blauen Augen, große dicke Tränen, die er mit seinen kleinen weißen Händen unwirsch wegwischte.

»Zuhören? Was soll das heißen?« Jenny besah sich das Telefon, es hatte Tasten für zwei verschiedene Leitungen. Er hätte sie damit durchaus anrufen können.

»Ich wollte doch nur zuhören. Warum musstest du mich so erschrecken, Jenny?«, schluchzte er, ging zu ihr und barg das Gesicht an ihrem Bauch.

Plötzlich fühlte sich Jenny unendlich schuldig, und sagte leise: »Es tut mir Leid«, wobei sie dem Jungen den Kopf tätschelte. »Wein doch nicht. Es tut mir Leid. Warum hast du mich angerufen? Wolltest du mir Angst machen?«

»Nein«, sagte er und seine Stimme klang ganz gedämpft, weil er den Kopf noch immer an sie gepresst hielt. Er wollte nicht, dass Jenny ihn weinen sah.

»Wolltest du mich nicht erschrecken?«

»Nein, ich habe nicht angerufen.«

»Was meinst du damit?«

»Ich habe nicht angerufen. Es war ein anderer. Ich schlief schon, und das Klingeln hat mich aufgeweckt.

Also hab' ich den Hörer abgenommen, um zuzuhören. Aber es hat niemand gesprochen. Dann bist du hier reingerannt gekommen und hast mich so erschreckt.« Nun weinte er richtig laut los und drückte sein Gesichtchen wieder gegen sie.

Jenny fühlte sich schrecklich und überlegte, ob er wohl die Wahrheit sagte. Natürlich sagte er die Wahrheit. Wie hatte sie auch ein sechsjähriges Kind verdächtigen können? Wie war sie nur auf die Idee gekommen, dass Donny am Apparat sein könnte? Wieder einmal hatte ihr ihre blöde Einbildungskraft einen Streich gespielt.

Sie nahm Donny in die Arme, entschuldigte sich noch einmal und tat alles, um ihn zu trösten. Dann führte sie ihn zurück zu seinem Bett und deckte ihn zu.

»Jetzt erzähl mir die Geschichte«, sagte er.

»Nein, Donny, es ist schon viel zu spät. Und ich glaube auch nicht, dass ich dir die Geschichte jetzt erzählen könnte.«

»Aber du hast es versprochen!«, jammerte er. Er war so müde, dass er die Augen kaum noch aufhalten konnte. »Du hast es mir versprochen und dein Versprechen nicht gehalten.«

»Nächstes Mal erzähl ich sie dir dafür zweimal«, sagte Jenny und strich ihm das seidenweiche blonde Haar aus der Stirn. »Mir ist heute Abend einfach nicht danach, Donny. Es tur mit Leid. Ehrlich.«

Er war zu schläfrig, um ihr noch weiter zu widersprechen.

Auf Zehenspitzen ging Jenny aus dem Zimmer. Sie fühlte sich schuldig und kam sich wie ein Ungeheuer vor. Sie beschloss, ihm nie wieder etwas zu unterstellen.

Was hatte sie eigentlich dazu gebracht, Donny zu verdächtigen? Es hatte sich nicht so angehört, als ob ein Kind atmete. Und dass sie wie eine Wilde auf ihn zugesprungen war und ihm das Telefon aus der Hand gerissen hatte, würde sie sich nie verzeihen.

Ich hatte einfach nur Angst, versuchte sie sich ihr Verhalten zu erklären.

Jetzt red dich nicht raus, Jenny! Du wolltest einfach, dass es sich bei dem Anrufer um einen Sechsjährigen handelt. Dann hättest du keine Angst mehr zu haben brauchen und die Sache unter Kontrolle.

Aber er sah so schuldbewusst aus, als ich ins Zimmer kam. Als er so blass wurde, hatte ich den Eindruck, er wusste, dass ich ihn bei etwas ganz Schlimmem ertappt hatte.

Doch es sollte ihr keine Zeit mehr bleiben, weiter darüber nachzudenken. Nachdem sie unten angekommen war, ging sie ins Fernsehzimmer und legte den Hörer auf. Doch sofort klingelte es wieder. Das Geräusch jagte ihr einen Schauder über den Rücken. Sie erstarrte, schloss die Augen und wünschte, das Klingeln würde aufhören.

Doch es klingelte weiter.

Ich geh einfach nicht ran, beschloss sie. Doch dann befürchtete sie, dass der Lärm Donny wieder aufwecken würde. Sie atmete tief durch, rannte ans Telefon und nahm den Hörer ab. »Hallo?«

Nichts.

»Hallo?«

»Hallo, Süße«, drang da ein heiseres Flüstern an ihr Ohr.

»Wer ist da?« wollte Jenny wissen.

»Hallo, Süße. Bist du allein?«

Sie hätte nicht sagen können, ob die Stimme einem Mann oder einem Jungen gehörte.

»Was wollen Sie?« Sie hatte eigentlich nicht ängstlich klingen wollen, aber das war ihr nicht gelungen.

»Bist du ganz allein in diesem großen Haus, mh? Na, hab' mal keine Angst, ich leiste dir gleich Gesellschaft.«

»Hören Sie ...« Sie konnte nicht weitersprechen, der andere hatte aufgelegt.

8.

Jenny blickte starr auf den schweren Hörer in ihrer Hand und lauschte angestrengt dem Freizeichen, bis sich ihr Herzschlag wieder normalisiert hatte. Das Zittern in ihrer Hand ließ allerdings nur langsam nach und sie hatte einen Kloß im Hals und einen ganz trockenen Mund.

Irgendjemand versuchte da, ihr Angst einzujagen, und das gelang ihm ziemlich gut! Jemand, der wusste, dass sie hier war. Dass sie allein war. Jemand, der sie kannte.

Oder vielleicht doch nicht?

Alle wussten doch, dass es da draußen so ein paar bekackte Typen gab, die sich daran aufgeilten, bei Fremden anzurufen. Vielleicht war das so ein Volltrottel, der blind irgendeine Nummer wählte, oder jemand, der das Telefon zur Hand nahm und überlegte, wem er einen Streich spielen könnte. Vielleicht sogar jemand von der Schule, der seine Späße mit ihr trieb.

Späße?

Etwa Chuck?

Würde Chuck so etwas tun?

Nein, natürlich nicht. Er war zwar ein Kasper, aber seine Gags waren harmlos, oder?

So gut kannte sie Chuck nun auch wieder nicht. Eigentlich überhaupt nicht. Und plötzlich fiel ihr ihre Unterhaltung in der Pizzeria wieder ein, und wie sich

Chucks Laune von jetzt auf gleich geändert hatte, nachdem sie ihm für Samstagabend absagen musste. Da war er ihr gar nicht mehr so harmlos vorgekommen. Eigentlich sogar richtig unangenehm. Als ob er sich gegen sie gewandt hätte und sie absichtlich verärgern wollte.

Aber vielleicht war er auch einfach nur enttäuscht gewesen, weil sie nicht wollte, dass er bei den Hagens vorbeikam, während sie auf Donny aufpasste. Aber das hieß noch lange nicht, dass er auch in der Lage war, so etwas Abstoßendes, Krankes zu tun wie diese schrecklichen Anrufe zu tätigen.

Jenny wollte einfach nicht glauben, dass es sich bei dem anonymen Anrufer um Chuck handelte.

Aber wer konnte es sonst gewesen sein? Jemand, der in der Nähe war? Jemand aus der Nachbarschaft?

Jemand, der das Haus beobachtete? Jemand, der sie hatte ankommen und die Hagens fortgehen sehen?

War da draußen einer, der ihr etwas Böses wollte?

Bist du ganz allein?, hatte er geflüstert. *Ganz allein in dem großen Haus?*

Dieser jemand wusste, wo sie war und dass sie allein war.

Hab' keine Angst, ich leiste dir bald Gesellschaft!

Wann? Etwa schon heute Abend? Und wer steckte dahinter?

Der Nachbar!

Wie hieß er doch gleich? Willers. Willers wusste bestimmt, dass sie allein in dem großen Haus war. Natürlich! Er war ihr gleich unheimlich vorgekommen, so wie er sie angesehen und von oben bis unten gemustert hatte. Auch diese krächzende Stimme und das heisere Flüstern passten.

Es musste Willers sein.

Jenny griff nach dem Hörer, um die Polizei zu rufen, zog die Hand dann doch wieder zurück.

Sie hatte noch nie bei der Polizei angerufen, sondern immer nur gesehen, wie Leute das im Kino und im Fernsehen machten. Im richtigen Leben riefen die Menschen die Polizei doch nicht an, oder? Doch, wenn sie Angst hatten. Wenn sie von jemandem bedroht wurden, von jemandem aus der Nachbarschaft, zum Beispiel.

Aber würde man ihr auf der Polizei auch glauben? Was würden die Beamten wohl sagen? »Oh, Jenny«, stellte sie sich die gelangweilte Stimme des Officers vor, »wir kennen doch alle deine lebhafte Fantasie. Diese Anrufe bildest du dir nur ein. Bitte behellige uns nicht weiter damit, wir haben es hier mit ganz anderen Sachen zu tun.«

Aber selbst, wenn man ihr glaubte, was könnten die Polizisten denn schon gegen diesen Anrufer unternehmen? Wahrscheinlich wurden ihnen jede Nacht Dutzende von merkwürdigen Anrufen gemeldet. An den Anrufen selbst konnten sie auch nichts ändern. Sollten sie etwa jemanden zu ihr schicken, der ihr die Hand hielt, bis die Hagens nach Hause kamen?

›Bist du da ganz allein? Hab keine Angst, ich leiste dir bald Gesellschaft!‹

Egal, was sie sagen, dachte Jenny, *ich rufe jetzt die Polizei an.*

Wieder streckte sie den Arm nach dem Hörer aus, aber da schien das Telefon unter ihrer Berührung zu explodieren.

»HUUUCH!«, schrie sie und zuckte zurück.

Aber das Telefon explodierte nicht, es klingelte nur.

Und da schon wieder.

»Oh nein!«, sagte Jenny laut. »Bitte, lass mich in Ruhe!«

Wieder legte sie die Hand auf den Hörer, nahm ihn aber nicht ab. Bei jedem Klingeln durchlief ihren Arm ein Zittern. Schließlich nahm sie den Hörer doch von der Gabel, nur damit es endlich zu klingeln aufhörte. »Hallo?« Ihre Stimme klang seltsam, viel höher als sonst und ängstlich.

»Hallo, Jenny, ich wollte nur mal sehen, wie's dir geht.«

»Mr. Hagen?«

»Ja. Ist bei euch alles in Ordnung? Du warst wohl ziemlich weit vom Telefon entfernt. Ich musste es so lange klingeln lassen, dass ich mir schon ein bisschen Sorgen gemacht habe.«

»Ich ... äh ... war auf der Toilette. Tut mir Leid.« Hatte sie denn keine bessere Entschuldigung parat? Egal, was hätte sie auch sonst sagen sollen? Auf jeden Fall war sie sehr erleichtert, seine Stimme zu hören.

»Ist mit Donny alles okay? Und hast du ihn früh ins Bett gebracht?«

»Ja ... ziemlich früh. Es geht ihm gut. Er hat keine Probleme gemacht.«

»Manchmal nutzt er es aus, dass ein Babysitter da ist, und bleibt absichtlich lange auf. Er sieht aus wie ein Engel, dadurch vergisst man leicht, dass er nur allzu oft ein riesengroßes B davor hat.«

B wie Bengel oder wie bösartig? fragte sich Jenny und überlegte, ob Mr. Hagen das tatsächlich ernst gemeint hatte? Konnte Donny wirklich bösartig sein?

Natürlich nicht. Hast du nun völlig den Verstand verloren, Jenny? Beruhig dich mal! Atme tief durch und versuch, wieder runterzukommen!

»Nein, er war ganz brav. Ehrlich«, sagte sie und dachte, dass Mr. Hagen wirklich ein ziemlich ängstlicher Vater war. Sie sah auf ihre Uhr. Er war erst zweieinhalb Stunden weg und rief schon an. Warum bloß?

»Schläft er auch ruhig? Manchmal wälzt er sich hin und her, strampelt dabei die Bettdecke ab und liegt dann bloß.«

»Ich habe schon einmal nach ihm gesehen. Es ist alles in Ordnung«, erklärte Jenny. »Ich geh' aber gleich noch mal rauf, damit Sie beruhigt sind.«

»Gut, hört sich ja so an, als hättest du alles unter Kontrolle. Wir kommen auch nicht so spät zurück. Etwa in ein, zwei Stunden. Du hast doch die Nummer?«

»Ja, sie steht auf dem Block.«

Sollte sie ihm von den Anrufen erzählen? Am liebsten hätte sie es getan! Aber nein, sagte sie sich dann und hielt sich zurück. Er war ohnehin so nervös, dass er wahrscheinlich das FBI und den CIA zusammen alarmiert hätte! *Und Mrs. Hagen hat mich extra gebeten, ihn nicht aufzuregen.*

»Okay, tschüs dann, Jenny. Ich hoffe, du bist mir nicht böse, dass ich so eine Art Kontrollanruf gestartet habe.«

»Nein, ich bin sogar froh darüber, ich meine ... Es ist schon in Ordnung. Alles läuft wunderbar.«

»Gut. Wenn du was essen willst, bedien dich in der Küche. Und lass die Türen verschlossen!«

Keine Sorge, das werde ich, dachte sie und dankte ihm für das Angebot. Mr. Hagen legte auf.

Trotz ihrer Angst musste Jenny lächeln. Er sah so groß und selbstbewußt aus, aber er war nur ein nervöses Hemd. Andererseits fand sie es auch wieder süß, wie er sich um Donny sorgte.

Nach dem Telefonat mit Mr. Hagen ging es Jenny gleich besser, und sie beschloss, die Polizei doch nicht anzurufen. Die Beamten dort würden wahrscheinlich ohnehin nur ihren Anruf aufnehmen und die Angelegenheit dann vergessen. Was blieb ihnen auch anderes übrig? Aber irgendwie war Jenny nach dem Anruf gereizt und ruhelos. Eine Weile lief sie im Wohnzimmer auf und ab, aber die knarrenden Dielen und das Ticken der alten Standuhr machten sie nur noch nervöser. Schließlich ging sie ins Fernsehzimmer zurück, ließ sich auf den weißen Ledersessel plumpsen und nahm ihr Gemeinschaftskunde-Buch aus dem Rucksack. Aber es wollte ihr an diesem Abend einfach nicht gelingen, sich zu konzentrieren.

Jenny schob das Buch wieder in den Rucksack zurück, ging einige Minuten auf und ab und beschloss dann, sich eine Cola aus der Küche zu holen. Als sie diesmal durchs Wohnzimmer lief, fiel ihr eine gerahmte Fotografie auf, die auf einem kleinen Beistelltischchen neben dem abgenutzten Sofa stand. Es handelte sich um eine farbige Porträtaufnahme von Donny, die Jenny vorher noch nie bemerkt hatte.

Er muss etwa zwei oder drei Jahre alt gewesen sein, als das Foto gemacht wurde, dachte sie.

Jenny ging zu dem Tischchen und nahm das Bild in die Hand, um es eingehend zu betrachten. Dann blieb ihr vor Staunen der Mund offen stehen.

Das Kind auf dem Foto sah Donny ziemlich ähnlich. Es hatte die gleichen blauen Augen und dieselben blonden Haare. Aber er war es nicht. Zum einen hatte es eine Schleife im Haar, zum anderen trug es eine rosa Strickjacke. Bei dem Kind handelte es sich eindeutig um ein Mädchen.

Wie gebannt starrte Jenny auf das Foto. Das Mädchen war so hübsch, dass es ihr schwer fiel, die Augen abzuwenden. *Donny hat eine Schwester, aber wo ist sie?*

Dann ging ihr ein Licht auf – und die schreckliche Wahrheit wurde ihr bewusst.

Schnell stellte Jenny die Fotografie wieder hin.

Das Mädchen war tot. Das erklärte eine Menge, zumindest warum Mr. Hagen wegen Donny so nervös und besorgt war. Der arme Mann. Die arme Familie. Es erklärte auch, warum Mr. Hagen seinen Job gewechselt hatte und warum sie jetzt in dieser gottverlassenen Gegend am anderen Ende der Stadt wohnten.

Plötzlich konnte das Mädchen es nicht mehr ertragen, das Bild anzusehen. Auch das Zimmer kam ihr mit einem Mal ganz stickig und heiß vor. Sie ging zum Fenster, zog die schweren Samtvorhänge zur Seite und versuchte, zwischen den Eisblumen hinauszusehen.

Am Fenster war es angenehm kühl. Durch die zerbrochene Scheibe pfiff der kalte Wind, und draußen ließ er die mittlerweile fast kahlen Äste der Bäume aneinanderschlagen. Es klang, als schüttelten klapprige Knochengestelle ihre morschen Glieder.

Der Vollmond vor dem graurosa Himmel sah aus wie eine schimmernde Goldmünze. Im Radio hatten sie Schnee gemeldet. Auch der rosa Abendhimmel ließ darauf schließen.

Im Mondschein sieht der Rasenvorplatz mit den Bäumen irgendwie seltsam aus, dachte Jenny, *gespenstisch.*

Aber was war denn das da vorn am Rand? Sie blinzelte ein wenig, um besser sehen zu können.

Etwa Eichhörnchen? Es machte den Eindruck, als hätten sie sich an den Pfoten gefasst. Es waren bestimmt vier oder fünf, die Ringelreihen tanzten, sich dabei aneinander festhielten und immer schneller im Kreis drehten. Erst rechts herum, dann links herum. Aber nein, das stimmte ja gar nicht!

Jetzt erkannte Jenny, dass es sich um rotbraune Blätter handelte, die vom Wind herumgewirbelt wurden.

Hör auf damit, Mädchen!, wies sie sich zurecht. *Du kommst noch in die Klappsmühle, wenn du dir weiter Sachen einbildest, die gar nicht da sind.*

Dann blinzelte sie wieder und versuchte, die Blätter in Eichhörnchen zurückzuverwandeln. Es sah so lustig aus, sie tanzen zu sehen. Aber der Wind hatte gedreht und die Blätter mit sich genommen, sodass sich der Eichhörnchentanz in Nichts aufgelöst hatte.

Plötzlich lief es ihr eiskalt den Rücken hinunter. Das

Gesicht des Kindes auf dem Foto war ihr wieder eingefallen. Donnys Schwester. Mit Blinzeln versuchte Jenny das Bild des Mädchens vor ihrem geistigen Auge zu vertreiben.

Sie trat einen Schritt vom Fenster zurück und wollte gerade die Vorhänge wieder zuziehen, als ihre Aufmerksamkeit draußen auf etwas anderes gelenkt wurde. Parkte da seitlich am Grundstück ein Auto auf der Straße?

Nein, wahrscheinlich handelte es sich nur um einen Baumstumpf. Jenny schalt sich insgeheim wieder, Dinge zu sehen, die gar nicht existierten. Aber wie sehr sie ihre Augen auch zusammenkniff, es gelang ihr nicht, das kleine schwarze Auto in einen Baumstamm zu verwandeln.

Es war und blieb ein Auto. Das bildete sie sich nicht ein.

Und der Schatten auf dem Vordersitz ...

Jetzt bewegte er sich.

Da saß ein Mann in dem Wagen.

Was machte er da? Beobachtete er sie? Wartete er auf sie? Und warum?

›Hab keine Angst, ich leiste dir bald Gesellschaft!‹

Rasch zog Jenny die Vorhänge ganz davor und vergewisserte sich noch einmal, dass auch alle Türen verschlossen waren.

9.

»Hier, nimm noch mehr Sirup dazu!«

Mrs. Jeffers beugte sich zu ihrer Tochter hinüber und goss den dicken braunen Sirup über die Pfannkuchen auf Jennys Teller.

»Nein, Mom, hör auf damit!« Sie schob den Arm ihrer Mutter beiseite. Jeden Samstagmorgen wiederholte sich diese Szene. »Das ist viel zu viel Zucker. Willst du mich mästen?«

»Nein«, antwortete Mrs. Jeffers und ließ sich wieder an dem kleinen Küchentisch nieder, »aber ich hätte gern, dass du ein bisschen Fleisch auf die Rippen kriegst.«

»Also wirklich, Mom!«, empörte sich Jenny, wobei es nicht ganz leicht war mit einem Mund voll warmer Pfannkuchen deutlich zu sprechen. Sie schluckte. Köstlich! »Ich werde mein Leben lang klapperdürr sein wie du. Klapperdürr und flachbrüstig. Das ist erblich.«

Ihre Mutter lächelte. Sie lachte nie. »Du musst mir nun aber auch nicht für alles die Schuld in die Schuhe schieben, Jenny.« Dann strich sie sich eine Strähne aus der Stirn, und Jenny stellte überrascht fest, dass ihre Mutter schon ein paar graue Haare bekommen hatte. Das war ihr bisher noch gar nicht aufgefallen. Plötzlich kam ihr ihre Mutter auch sehr müde vor. Vielleicht sah sie schon lange so aus. Eigentlich betrachtete Jenny sie nur ganz selten richtig. Sie überlegte, ob sie im Büro wohl auch so traurig und abgeschlagen wirkte. Dann stellte sie sich vor, wie sie in der Anwaltskanzlei, in der sie arbeitete, mit den anderen Rechtsanwaltsgehilfinnen lachte und Späße machte, ganz geschäftig herumlief, um dann plötzlich auf ihren Schreibtisch zu springen und zu steppen, bis sie sich dem gerade ins Zimmer kommenden Anwalt in die Arme fallen ließ.

»Noch O'saft?«, fragte ihre Mutter nun und gähnte.

»Mein Glas ist doch noch voll, Mom!«

»Oh, tut mir Leid.« Mrs. Jeffers aß noch einen kleinen Bissen. »Kalt hier drin, findest du nicht?« Dabei zog sie ihren Morgenmantel ein wenig enger um sich. »Wann bist du gestern Abend nach Hause gekommen?«

»Spät. Ungefähr um eins, glaube ich.«

»Hat dich Mr. Hagen nach Hause gefahren?«

»Ja. Er ist so ein Angsthase. Er würde mich um die Uhrzeit nie den Bus nehmen lassen.«

»Das will ich auch schwer hoffen!« Wieder fiel ihrer Mutter die Strähne über die Augen. »Ich bin froh, dass Mr. Hagen so fürsorglich ist. Ich mache mir auch Sorgen. Die Hagens wohnen so weit draußen. Und bei diesen schrecklichen Sachen, die man jetzt hört ...«

»Ich weiß, was du meinst«, sagte Jenny schnell, die ihrer Mutter nicht erzählen wollte, dass es noch ganz andere Dinge gab, über die sie sich hätte sorgen können.

»Warum isst du denn gar nichts, Kind?«

»Ich hatte doch schon drei Pfannkuchen, Mom. Du hast mir wenigstens ein Dutzend auf den Teller gepackt. Ich bin doch nicht einer von den Klitschkos!« Jenny wollte eigentlich nicht so gereizt antworten, aber irgendwie war sie ganz schön müde.

»Okay, okay.«

Eine Weile aßen sie schweigend weiter. Als Jenny schließlich aufsah, bemerkte sie, dass ihre Mutter sie mit einem merkwürdigen Lächeln beobachtete.

»Warum lächelst du so?«, fragte Jenny und tupfte sich mit der Serviette ein bisschen Sirup vom Mund.

»Du verschweigst mir doch etwas, oder nicht?«

Wusste ihre Mutter etwa, was bei den Hagens passiert war? Von den Furcht erregenden Anrufen?

Nein, dann würde sie nicht so lächeln.

»Komm schon, Jenny. Raus mit der Sprache! Du weißt, dass es nicht nett ist, vor deiner treu sorgenden Mutter Geheimnisse zu haben.«

Jenny lachte. Normalerweise neckte ihre Mutter sie nie so. Meistens sagte sie einfach geradeheraus, was sie meinte. »Wovon sprichst du, Mom?«

»Das weißt du doch. Ich rede von Chuck.«

»Chuck?«

»Stell dich doch nicht dumm! Er heißt doch so, oder etwa nicht? Chuck Quinn.«

»Ja, ich kenn' einen mit diesem Namen, aber ...«

»Du wirst ja rot.« Das Lächeln ihrer Mutter verstärkte sich noch.

»Das tu' ich nicht«, beharrte Jenny. »Hör auf, mich zu necken, Mom. Das mag ich nicht. Was ist mit Chuck? Hat er hier angerufen?«

»Du hast mir gar nicht gesagt, dass er sich für dich interessiert. Ist er vorbeigekommen, als du gestern Abend beim Babysitten warst? Ich finde das nicht gut.«

»Nein, er war nicht da!«, antwortete Jenny, während ihr der Kopf schwirrte. »Hat Chuck bei dir angerufen? Ja oder nein?«

»Ja.« Ihre Mutter schien über Jennys Reaktion überrascht. »Er hat gestern Abend ungefähr um halb acht angerufen und wissen wollen, unter welcher Nummer und Adresse du zu erreichen bist. Bei den Hagens, meine ich. Ich wollte sie ihm erst nicht geben, aber er schien mir ziemlich höflich und sagte, du hättest sie ihm schon gegeben, aber er hätte sie verlegt.«

»Ich hab' ihm die Nummer nicht gegeben«, sagte Jenny.

»Oh, hab' ich was falsch gemacht?« Ihre Mutter ballte die Hände zu Fäusten, wie sie es immer tat, wenn sie sich über etwas aufregte.

»Nein, du hast nichts falsch gemacht, Mom«, beeilte sich Jenny zu sagen, und weil es sinnlos war, ihre Mutter unnötig aufzuregen.

»Dann hat er dich gar nicht angerufen?«

»Nein«, erwiderte Jenny, hatte aber plötzlich ein ganz mulmiges Gefühl, und das kam nicht von den Pfannkuchen.

Vielleicht war das gestern Abend tatsächlich Chuck gewesen, überlegte sie. *Mom hat ihm die Nummer gegeben, und dann hat er angerufen und versucht, mir mit seinem Stöhnen und den schrecklichen Drohungen Angst zu machen.*

Zum Schluss hatte sie ja auch so ein Gefühl gehabt, dass Chuck der anonyme Anrufer gewesen sein könnte. Anscheinend stimmte etwas mit ihm nicht. Er war gefährlich. Er war außer Rand und Band. Den Eindruck hatte sie auch schon oft gehabt, wenn er in der Schule seine Witze riss oder versuchte, den Lehrern einen Streich zu spielen, nur damit er im Mittelpunkt stand. Alle hielten ihn für so witzig. Aber er war nicht komisch, er war krank!

Auch ihre Mutter fand es süß, dass sich ein Junge für ihre Tochter interessierte. Wenn sie wüsste, warum, fände sie es bestimmt nicht mehr niedlich. Das Einzige, was Chuck interessierte, war, ihr Angst zu machen! Und jetzt hatte er nicht nur die Telefonnummer von den Hagens, sondern auch noch ihre Adresse.

Bestimmt hat er da draußen in dem kleinen Auto gesessen und gewartet. Gewartet, dass ich herauskomme und er über mich herfallen kann …

Nein, Augenblick!

Da ging ja schon wieder die Fantasie mit ihr durch. Eigentlich war es ziemlich ungerecht, einfach so Schlussfolgerungen zu ziehen, die vielleicht gar nicht zutrafen. Wegen eines Telefonanrufs! Woher wollte sie denn wissen, dass es Chuck war? Vielleicht stimmte das gar nicht. Das konnte – durfte – nicht wahr sein! Nur weil er die Telefonnummer hatte, bedeutete das noch lange nicht, dass er auch der anonyme Anrufer war. Hatte er überhaupt ein Handy?

Sie durfte ihn nicht einfach so beschuldigen.

Es hieß doch immer, im Zweifel für den Angeklagten, oder etwa nicht? Eigentlich schien Chuck kein schlechter Kerl zu sein. Richtig betrachtet, war er sogar ganz süß. Er war witzig. Er war der Klassenclown. Er war nicht bösartig.

Oder doch?

»Du siehst unheimlich besorgt aus«, unterbrach da Mrs. Jeffers Jennys wirre Gedankengänge. »Wenn ich was falsch gemacht habe, tut es mir Leid.«

Jenny rang sich ein Lächeln ab. »Nein, Mom, ich war mit den Gedanken ganz woanders. Ich bin einfach nur müde. Es ist alles in Ordnung. Chuck ist wirklich ein netter Kerl. Er ist neu an der Schule und erst vor ein paar Wochen nach Harrison gezogen.«

»Du siehst tatsächlich ein bisschen erledigt aus«, stellte ihre Mutter fest.

»Was würdest du davon halten, wenn ich meinen Babysitter-Job aufgebe?«, fragte Jenny unvermittelt. Der Gedanke war ihr gerade eben gekommen, und sie hatte ihn einfach ausgesprochen. Aber als sie den enttäuschten Gesichtsausdruck ihrer Mutter sah, bereute sie sofort, davon angefangen zu haben.

»Ist es dir wirklich zu viel, Jenny?«

»Eigentlich nicht ...«

»Dann solltest du weitermachen. Es ist eine schlechte Angewohnheit, die Flinte gleich ins Korn zu werfen. Du hast doch gerade erst angefangen und wirst dich schon noch daran gewöhnen, zweimal in der Woche diesen Job zu machen.«

»Ich weiß, aber …«

»Und wir können das Geld wirklich gut gebrauchen, Jenny. Die Hagens sind so großzügig und Weihnachten ist schneller da, als du denkst, und …«

»Du hast Recht, Mom. War 'ne blöde Idee von mir. Ich weiß nicht, warum ich das erwähnt habe«, sagte Jenny schnell und dachte: *Natürlich weiß ich es. Ich habe es gesagt, weil ich davonlaufen will. Mom hat Recht! Ich versuche immer, vor allem wegzulaufen. Nun, diesmal werde ich alle vom Gegenteil überzeugen – mich eingeschlossen. Ich werde nicht kneifen, weder vor dem Babysitter-Job noch vor Chuck.*

Sie trug ihr Geschirr zur Spüle. »Bis später, Mom. Ich hab'mich mit Laura im Einkaufszentrum verabredet. Heute ist verkaufsoffener Sonntag«, erklärte sie, gab ihrer Mutter einen Kuss und eilte zur Küche hinaus.

»Mach dir nicht immer so viel Gedanken!«, rief Mrs. Jeffers ihr hinterher. »Es wird schon alles gut!«

Ich hoffe, du hast Recht, Mom, dachte Jenny, während sie in der Garderobe nach ihrer Jacke suchte. *Ich hoffe wirklich, dass du Recht hast.*

»Das kann unmöglich Chuck gewesen sein!« erklärte Laura. »Er ist doch nur ein großer Teddybär.«

»Ich weiß.«

»Wie kommst du bloß auf die Idee, dass jemand mit einem Gesicht wie ein kleiner unschuldiger Junge und solchen Sommersprossen den anonymen Anrufer macht?«, fuhr Laura fort. »Das ist doch totaler Blödsinn.« Dann nahm sie ein Päckchen mit künstlichen hellrosa Fingernägeln aus dem Regal der Kosmetikabteilung und fragte: »Was hältst du davon? Man klebt sie einfach auf und sieht sofort supercool aus!«

»Superscheiße, meinst du wohl«, entgegnete Jenny und nahm Laura das Päckchen aus der Hand, um sich die Kunstnägel eingehend anzusehen. »Echt krass!«

»Ich dachte, ich überrasche Bob Tanner heute Abend damit.«

»Komm wieder runter! Du willst diese Dinger doch nicht wirklich tragen, oder?«

Laura zuckte mit den Schultern. »Dann nicht.« Sie verließen die Drogerie und gingen auf den Modeschmuckladen zu. »Vielleicht lasse ich mir die Augenbraue piercen.«

»Das geht nicht«, erklärte Jenny und zog Laura an dem Geschäft vorbei. »Wenn man unter achtzehn ist, braucht man dazu die Zustimmung eines Elternteils.«

»Woher willst du das denn wissen?«

»Vor ein paar Wochen hat Ellen Sappers versucht, sich Ohrlöcher stechen zu lassen. Sie war in drei Läden. Überall verlangten sie eine schriftliche Zustimmung ihrer Mutter.«

»Hat sie sie bekommen?«

»Ach was! Ellen hat ihre Mom gar nicht erst gefragt, weil alles, womit ihre Mom einverstanden ist, sie nicht mehr interessiert. Komm, gehen wir in den Strumpfladen. Ich möchte mir ein paar Söckchen angucken.«

»Du bist heute vielleicht drauf!«, sagte Laura, folgte Jenny dann aber doch in das schmale, längliche Geschäft.

»Hast du wirklich mit Eugene Schluss gemacht, Laura?«

»Sieh dir nur *die* an, Jenny! Wer trägt denn schon Socken mit kleinen rosa Schweinchen drauf?«

»Ich hab' so 'n Paar. Also, hast du mit Eugene Schluss gemacht?«

»Sozusagen.«

»Was heißt denn das schon wieder?«

»Ich meine, ich habe ihn einfach versetzt.«

»Du bist gestern Abend nicht zu eurer Verabredung gegangen?«

»Ich dachte, das wäre netter, als ihm zu sagen, dass ich genug von ihm habe. Ich wollte ihn schließlich nicht verletzen.«

»Ich fasse es nicht!«

Laura ergriff Jennys Arm und raunte ihr zu: *»Das da,* glaubst du auch nicht! Sieh nur, wer da hinten ist!«

Mit Blicken folgte Jenny dem Zeigefinger ihrer Freundin. Ganz am Ende des Ladens stand Chuck und durchwühlte einen Korb mit Frotteesocken.

»Schnell, Laura, beweg dich! Raus hier, bevor er uns sieht!«, stieß Jenny hervor und schob ihre Freundin zur Tür.

»Zu spät«, sagte Laura.

»Hallo!«, rief Chuck ihnen zu, ließ das Paar Socken, das er gerade in der Hand gehabt hatte, fallen und kam im Laufschritt zu ihnen hinüber. »Warum verabreden wir uns nicht mal richtig?«, sagte er dann grinsend zu Jenny und erinnerte sie irgendwie wieder an Huckleberry Finn.

»Was machst *du* denn hier?« wollte Laura wissen.

»He, ich trage auch Socken, weißt du. Ich darf auch hierher kommen.«

Laura lachte. »So habe ich das doch gar nicht gemeint!«

Jenny wich unwillkürlich einen Schritt vor Chuck zurück. Sie wollte nicht mit ihm reden. Sie brauchte Zeit, um nachzudenken und sich darüber klar zu werden, was sie für ihn empfand.

»Wie war's beim Babysitten?«, fragte er und nahm die Schweinchensocken in die Hand, er schien sie eingehend zu betrachten. »Alles glatt gelaufen?«

Er sieht mich nicht an, dachte Jenny. *Stattdessen tut er so, als ob er sich für die Socken interessiert. Er* kann *mir* nicht *in die Augen sehen.* Schnell sagte sie: »Ja, war alles okay.«

»Die Socken sind Klasse«, erklärte Chuck und wedelte mit ihnen herum. »Zu meiner Hose, die aussieht, als wäre sie aus Kuhfell gemacht, sehen sie bestimmt abgefahren aus!«, meinte er dann, wobei er Jenny immer noch nicht ansah.

Laura lachte und Jenny verzog das Gesicht zu einem gezwungenen Lächeln. ›Hast du ein schlechtes Gewissen, Chuck?‹ hätte sie ihn am liebsten gefragt. ›Fühlst du dich schuldig wegen der Anrufe letzte Nacht?‹

Schließlich wandte er sich ihr mit einem ganz ernsten Ausdruck zu. »Hör mal, Jenny ...« Dann legte er ihr eine Hand auf die Schulter, die ihr wieder einmal tonnenschwer vorkam, und fuhr fort: »Äh ... ich möchte mich entschuldigen.«

Erstaunt sah Jenny ihn an. Würde er jetzt tatsächlich zugeben, dass er der anonyme Anrufer war? Wie konnte er so etwas Schreckliches gestehen?

»Entschuldigen? Wofür?«, brachte sie schließlich gerade noch heraus.

»Soll ich gehen?«, fragte Laura grinsend und sah dabei keineswegs so aus, als wollte sie das Feld räumen.

»Wofür willst du dich entschuldigen, Chuck?«, fragte Jenny jetzt noch einmal mit ruhiger Stimme, ohne auf Laura zu achten.

»Dafür, dass ich am Freitagnachmittag im Pizzaofen so nervig war. Ich hätte dir wirklich nicht so'n Stress machen sollen, von wegen, dass ich vorbeikommen wollte, wenn du babysittest.«

»Ach so! Ich meine, das ist schon in Ordnung ...«

»Es ist okay? Klasse! Dann bin ich Donnerstagabend da!«

Alle drei lachten.

Daraufhin zog sich Chuck eine der Schweinchensocken über die Hand und tat so, als sei es eine Handpuppe. »Hallo, ihr Süßen«, ließ er die Socke mit ganz hoher Stimme sagen, »wollt ihr eins auf die Nase?«

Der Ladeninhaber – ein kleiner Mann mit Glatze und säuerlichem Gesichtsausdruck – räusperte sich und schüttelte zu Chuck gewandt den Kopf.

»Wir Strümpfe hier können alle reden, aber er lässt uns nicht!«, fuhr Chuck mit verstellter Sockenstimme fort. »Wenn einer von uns mal 'nen Mucks macht, müssen wir gleich Fersengeld geben.«

»Kaufst du die Socken auch oder spielst du nur damit?«, schnaubte der Besitzer jetzt so unfreundlich wie er aussah.

»Wenn Sie Spielgeld nehmen«, sagte Chuck grinsend und griff nach seinem Portemonnaie.

Der Besitzer grummelte irgendetwas und wandte sich ab.

»Die Socke passt mir sowieso nicht«, fügte Chuck hinzu. »Sie ist an den Knöcheln zu eng.« Er zog sie sich von der Hand und legte sie zurück ins Regal. »Wir sollten uns auf die Socken machen, Mädels!«

Alle drei hielten so lange die Luft an, bis sie etliche Meter von dem Laden entfernt waren, aber dann prusteten sie los.

Nachdem sie sich wieder einigermaßen beruhigt hatten, rief Chuck: »Seht nur, was heute im Kino kommt!« Er wies auf ein Plakat im Schaukasten des Kinos. »Ein Trickfilmfestival! Fett! Kommt, lasst uns reingehen!«

»Nein, das geht nicht!«, erklärte Jenny.

»Warum nicht?«, fragte Chuck erstaunt.

»Weil … äh …, ich weiß auch nicht!«, stammelte Jenny, der kein richtiger Grund einfiel.

»Ich kann auf keinen Fall mitkommen«, sagte Laura und sah auf ihre quietschorange Swatch. »Ich habe meiner Mutter versprochen, zum Mittagessen zu Hause zu sein. Aber geht ruhig ohne mich.« Dabei warf sie Jenny einen viel sagenden Blick zu.

»Laura!«

»Okay, dann mal los, Jenny!«, drängelte Chuck. »Ich lad' dich auch ein.«

»Nein, das geht nicht. Ich ...« Flehend blickte Jenny zu ihrer Freundin hinüber, aber Laura ignorierte den stillschweigenden Hilferuf und sagte nur: »Viel Spaß!« Offensichtlich war sie der Meinung, dass Chuck und Jenny ein wunderbares Paar abgaben, und sie tat ihr Bestes, dass die beiden auch tatsächlich zusammenkamen. Sie ahnte ja nichts von Jennys Befürchtungen.

Laura schubst die Leute wirklich gern herum, dachte Jenny. Machten das alle kleinen Leute gern? Natürlich würde Laura das nicht so sehen. Laura dachte bestimmt, dass sie ihr und Chuck nur einen Gefallen tat. Mit einem entsprechend zufriedenen Gesichtsausdruck lief sie nun auch am Brunnen vorbei Richtung Ausgang.

»Komm, Jenny, es hat schon angefangen!«, rief Chuck und nahm Jenny bei der Hand. Dabei lächelte er sie an und wurde rot.

Er ist eigentlich ganz schön schüchtern. Vielleicht hat er mich deshalb vorhin im Strumpfladen nicht angesehen, überlegte Jenny. »In Ordnung«, sagte sie und rannte mit ihm zum Kartenschalter.

»Zwei«, ließ er das Mädchen hinter der Glasscheibe wissen, und Jenny lächelte zufrieden. Es war schön, sich als Paar zu fühlen. Und es war schön, mit Chuck zusammen zu sein.

Da war nur eine Sache, die ihr Glück ein wenig trübte. War Chuck der anonyme Anrufer? Hatte er sie gestern Abend mit diesen schrecklichen Anrufen gequält?

10.

»Erzähl mir noch eine Geschichte!«

»Nein, Donny, jetzt reicht's! Ich hab' dir doch schon eine ganz lange erzählt. Du musst jetzt schlafen. Sieh doch mal auf die Uhr! Es ist schon halb zehn.«

»Na und?«

»Na, jetzt ist Schlafenszeit.«

Jenny hatte dreimal ein nicht endenwollendes Kartenspiel mit Donny gespielt, und nun saß sie auf seiner Bettkante und versuchte, ihn dazu zu bringen, endlich die Augen zuzumachen.

»Und 'ne kurze Geschichte? Ganz kurz?«

»Nein, Schlafenszeit ist schließlich Schlafenszeit. Außerdem brauche ich mal eine kleine Pause. Ich muss ein bisschen Zeit für mich haben.«

»Nein!«, schrie Donny ärgerlich und feuerte einen seiner Teddybären quer durchs Zimmer.

Jenny hätte beinah angefangen zu lachen. Irgendwie war es lustig, jemanden, der wie ein Engel aussah, böse werden zu sehen.

Der Junge warf gleich noch ein Stofftier hinterher. Es traf die gegenüberliegende Wand und fiel dann zu Boden. »Erzählst du mir jetzt noch eine Geschichte, oder nicht?«, fragte er dann aufgebracht und schob kämpferisch das Kinn vor.

»Jetzt reicht's!«, bestimmte Jenny, die allmählich die Geduld verlor. Sie wusste, dass er nur ausprobierte, wie weit er gehen konnte.

»Ich kenne ein paar echt schlimme Wörter«, sagte er jetzt, meinte es aber nicht als Drohung, sondern er wollte wohl mit Jenny ein Geheimnis teilen. »Willst du mal 'n paar davon hören?« Verschwörerisch lächelte er sie an.

»Heute Abend nicht«, entgegnete Jenny müde. »Bitte, Donny, es ist wirklich schon spät. Ich will nicht mit dir schimpfen müssen.«

Doch anstatt die Augen zuzumachen, setzte sich Donny auf, rutschte zu Jenny an die Bettkante und schmiegte sich an sie. Jenny konnte die Wärme spüren, die von seinem kleinen Körper ausging. »Was machst du denn, wenn du böse wirst, Jenny?«

Das war jetzt wirklich ein Test und Jenny musste unwillkürlich lächeln. »Wenn ich böse werde, dann ... verwandele ich mich in einen WERWOLF!«, sagte sie mit verstellter Stimme und ahmte ein wütendes Brüllen nach.

Donny lachte. »Okay, lass mich sehen, wenn du böse wirst!«

Jenny sprang von der Bettkante, beugte sich über den Jungen und packte ihn bei seinen schmalen Schultern. »Es würde dir bestimmt nicht gefallen, wenn mir im Gesicht Haare wachsen und ich Riesenreißzähne bekomme.«

»Doch! Hopp, mach schon!« Donny riss sich von ihr los, krabbelte aufs Bett und begann wie wild darauf herumzuhüpfen. Es dauerte noch eine halbe Stunde, bis Jenny ihn endlich so weit hatte, dass er sich wieder hinlegte. Er war total aufgedreht, und sie konnte ihm nur schwer böse sein, weil er so niedlich aussah.

In ein paar Jahren sollten sich die Mädchen besser vor ihm in Acht nehmen, dachte das Mädchen, als sie schließlich die Treppe hinunterging. Im Fernsehraum angekommen, nahm sie erst einmal ihren Rucksack zur Hand. Für diesen Abend war sie besser vorbereitet. Sie hatte Sachen mitgebracht, die sie davon ablenken sollten, dass es in dem Haus so gruselig war. Sie setzte sich den Diskman auf und sah die CDs durch, die sie eingepackt hatte. Schließlich legte sie die neue von Brittney

Spears ein und drehte die Lautstärke auf. Dann zog sie wieder ihr Sozialkundebuch hervor und begann zu lesen.

Mit lauter Musik konnte sie leichter lernen, weil sie dadurch irgendwie vom Rest der Welt abgeschnitten und gezwungen war, sich auf den Text zu konzentrieren. Zumindest glaubte sie das.

Jenny nahm den Kopfhörer herunter und lauschte.

Hatte Donny da eben nach ihr gerufen?

Hatte das Telefon geklingelt?

Nein, im Haus herrschte absolute Stille, abgesehen von dem dauernden Ticken der Standuhr im Wohnzimmer.

Vielleicht war der Diskman doch keine so gute Idee. Donny war bestimmt noch nicht eingeschlafen. Wenn er aus irgendeinem Grund nach ihr rief, würde sie ihn mit den Kopfhörern nicht hören. Und wenn sie ihm nicht antwortete, kam er im Dunkeln womöglich bis an die Treppe, vertat sich mit den Stufen, fiel herunter und brach sich das ...

Jetzt reicht's! Hör auf, dir Sorgen zu machen!

Jenny stellte den Diskman aus, legte den Kopfhörer zusammen und beides wieder zurück in den Rucksack. *Ich bin im Dienst*, sagte sie sich. *Das darf ich nicht vergessen, ich muss wachsam bleiben und auf der Hut sein wie ein Soldat, der Wache schiebt.*

Und womit wurde ein Soldat bestraft, der während der Wache einschlief? Mit dem Tod durch Erschießen! Das war doch mal in irgendeinem Film vorgekommen, den Jenny gesehen hatte, oder hatte sie das nur erfunden?

Jenny versuchte, sich wieder auf ihr Buch zu konzentrieren, aber ohne Musik fiel es ihr schwer. Plötzlich bekam sie Durst. Sie legte das Schulbuch aufgeschlagen auf den Tisch, erhob sich ein wenig mühsam aus dem tiefen Ledersessel und machte sich auf den Weg in die Küche.

Im Wohnzimmer brannten alle Lichter, und es wirkte längst nicht mehr so schummrig und deprimierend wie beim letzten Mal. Draußen war es ganz ruhig, der Wind heulte nicht und auch der Laden schlug nicht gegen die Hauswand. Die Atmosphäre im Haus war viel weniger bedrohlich als am vergangenen Samstagabend.

Wenn ich bloß etwas gegen dieses furchtbare Geticke tun könnte, dachte sie. Einen Augenblick lang war sie versucht, das Pendel anzuhalten, damit die Uhr stehen blieb. Doch dann fiel ihr ein, dass man das nur machte, wenn jemand gestorben war. Sie unterließ ihr Vorhaben und ging weiter bis zur Küche. Dort knipste sie das Licht an und nahm sich eine Cola aus dem Kühlschrank. Dann fiel ihr Chuck ein. Am Samstag war es wirklich schön mit ihm gewesen. Es machte Spaß, mit ihm zusammen zu sein. Er war überhaupt nicht mehr krampfhaft witzig gewesen und sie hatte sich richtig gut mit ihm unterhalten können. Ganz anders als sie es erwartet hatte. Chuck hatte einen wachen Verstand, war sehr lustig und unterhaltsam. Aber wenn er wollte, konnte er auch ernst sein. Dann wirkte er immer ganz schüchtern, und das machte ihn ihrer Meinung nach irgendwie noch süßer.

Am Dienstagabend war er zum Lernen zu ihr nach Hause gekommen. Ihrer Mutter hatte er ebenfalls gut gefallen. Auch wenn er ein paar wirklich unanständige Sachen mit den Bananen im Obstkorb auf dem Küchentisch gemacht hatte. Aber das war ihrer Mutter entgangen, und Chuck wäre eben nicht Chuck, wenn er nicht hin und wieder auch mal den Clown machte.

Wenn ... wenn nur diese eine Frage nicht wäre, die Jenny keine Ruhe ließ und davon abhielt, sich wirklich zu Chuck hingezogen zu fühlen. Wenn sie nur wüsste ...

Als sie sich zum Lernen getroffen hatten, war sie versucht gewesen, danach zu fragen. Aber dann hatte sie es doch gelassen. Hätte er es zugegeben, wäre alles zwischen ihnen zerstört worden. Und wenn er nein gesagt hätte, hätte sie alles zwischen ihnen zerstört. Er hätte ihr bestimmt nicht verziehen, dass sie ihm so etwas unterstellt zu hatte. Dann hätte er wirklich allen Grund gehabt, nie mehr mit ihr zu reden. Deshalb hatte Jenny versucht, die Sache zu verdrängen. Außerdem mochte sie Chuck immer mehr.

Sie öffnete die Dose und nahm einen Schluck Cola. Als das Telefon klingelte, nahm sie an, dass es Chuck war. Nachmittags in der Schule hatte sie ihm gesagt, er könne sie ruhig anrufen.

Sie nahm den Hörer vom Küchentelefon, das an der Wand hing, ab und sagte gut gelaunt: »Bei Hagen, hallo.«

»Hallo, kleine Babysitterin!«

Das war wieder die heisere Flüsterstimme.

Jenny stockte der Atem. Ihre gute Laune war schlagartig dahin und an ihre Stelle trat nackte Angst – genauso wie am Samstagabend. Sie merkte, wie sich ihre Muskeln anspannten und ihr Herz wieder wie wild zu schlagen begann. Aus Verzweiflung umklammerte sie den hellroten Telefonhörer so fest, dass ihr die Hand wehtat.

»Sei nicht traurig, ich bin gleich da. Dann geht der Spaß richtig los.«

Jenny sagte nichts, obwohl sie diesem Arschloch am liebsten ins Ohr geschrien hätte, um danach den Hörer mit aller Kraft aufzuknallen. Aber sie blieb still und rührte sich nicht, als hätte die unterschwellige Drohung der geflüsterten Worte sie gelähmt.

»Hörst du mich, Süße?«

War das Chuck?

Jenny vermochte es nicht zu sagen. Vielleicht war er es. Nein, das konnte, das durfte nicht sein.

»Ich ... Ich rufe die Polizei«, brachte Jenny schließlich heraus und erkannte ihre eigene Stimme nicht wieder, so hoch und angestrengt klang sie. Sie hatte das Gefühl, als würde eine andere Person sprechen, als passierte das Ganze nicht ihr, sondern jemand anderem.

»Bis gleich, Süße.« Dann ein Klicken am anderen Ende der Leitung.

Geraume Zeit stand Jenny einfach nur da, den Hörer immer noch ans Ohr gepresst, und hörte dem Freizeichen zu. Irgendwie klang es beruhigend. Zumindest bedeutete es, dass die geflüsterten Drohungen vorüber waren.

Endlich knallte sie den Hörer auf, stürzte zur Hintertür und überprüfte, ob diese auch abgeschlossen war.

Und was jetzt? Was mach' ich jetzt bloß?

Unruhig ging sie in der Küche auf und ab, nahm schließlich einen großen Schluck aus der Coladose, um ihren trockenen Mund zu befeuchten, und setzte dann ihren Marsch mit der Dose in der Hand fort. Sie hatte kalte Hände und ihr Nacken war verspannt. Immer noch klangen ihr die Worte des anonymen Anrufers im Ohr: *›Ich bin gleich da, dann geht der Spaß erst richtig los.‹*

Und was jetzt? Was mach ich jetzt bloß?

Irgendwo draußen auf der Straße wurde eine Autotür zugeschlagen, und Jenny blieb erschrocken stehen und lauschte.

Nichts.

Aber sie wusste jetzt wenigstens, was sie tun musste. Sie nahm den Hörer wieder in die Hand und drückte die Null.

Das war alles so unwirklich. Nichts von dem passierte wirklich. Was sollte sie bloß sagen? Was würden *die Polizisten* sagen?

Nachdem es dreimal geläutet hatte, sagte eine rauchige Frauenstimme: »Vermittlung.«

»Bitte stellen Sie mich zur Polizei durch.«

»Wollen Sie das Polizeiamt in der Innenstadt oder eins in den umliegenden Orten?«

»Wie bitte? Oh, ich weiß auch nicht. Ich meine ...«

»Sind Sie in Harrison oder in einem Vorort?« Die Frau wollte ihr nur behilflich sein, aber ihr ruhiger, gleichbleibender Tonfall machte Jenny ganz verrückt. Merkte die Frau denn gar nicht, dass sie Angst hatte?

»Ich ... ich bin nicht sicher. Ich bin in Old Village, in der Edgetown Lane. Außerhalb von Millertown.«

»Dann ist es *wahrscheinlich* das Beste, wenn Sie mit der Polizei vor Ort sprechen.«

Wahrscheinlich? »Oh, vielen Dank!«

»Sie können sie direkt anrufen. Die Nummer lautet 066-1919.«

»Was, ich soll selbst anrufen? Könnten Sie mich nicht ... Wie war die Nummer noch gleich?«

Die Frau von der Vermittlung wiederholte die Nummer und legte auf. Jenny tippte die Zahlen ein, vertat sich aber beim ersten Mal und versuchte es wieder.

»Polizei von Old Village, Officer Mertz am Apparat.«

»Hallo, Mr. Mertz, ich meine, Officer ...«

»Wie kann ich Ihnen helfen?«

»Ich ... ich will ein paar Anrufe melden«, nuschelte Jenny.

»Sie wollen ein paar Anrufe *machen?*«

»Nein, ich habe diese Anrufe bekommen!«, stieß Jenny aufgeregt hervor und dachte: *Beruhig dich, beruhig dich. Kein Mensch versteht, was du sagst, wenn du nicht ein bisschen lauter und deutlicher sprichst.*

»Sollten Sie da nicht lieber die Telefongesellschaft anrufen?«

»Nein, vielleicht habe ich mich nicht richtig ausgedrückt, aber ich habe so schreckliche Anrufe bekommen – anonyme Drohungen.«

»Sie werden bedroht?«

»Ja, am Telefon. Da flüstert immer einer.«

»Von wo aus rufen Sie an?«

»Edgetown Lane, Nummer 142, außerhalb von Millertown.«

»Wie heißen Sie?«

»Jenny Jeffers, aber ich wohne nicht hier. Ich meine, ich bin hier nicht zu Hause. Ich bin nur die Babysitterin.«

»Haben Sie irgendwelche ungewöhnlichen Geräusche im Haus oder draußen gehört, oder irgendetwas Ungewöhnliches bemerkt?«

»Ja, das heißt, ich weiß nicht. Das heißt ... ich meine, nein. Nicht heute Abend. Nur diese Anrufe.«

»Ich verstehe.«

Anscheinend schrieb der Polizist alles mit.

»Glauben Sie, es könnte ein Freund von Ihnen sein, jemand aus der Schule, jemand, der Ihnen einen Streich spielen will?«

»Ich weiß es nicht. Ich glaube aber nicht. Schicken Sie jemanden her, der mal nach dem Rechten sieht?«

»Das wird nur schwer möglich sein. Schließlich können wir keine Telefonanrufe überprüfen.«

»Ja, da haben Sie Recht. Daran habe ich gar nicht gedacht. Ich wollte nur ...«

»Könnten Sie nicht jemanden anrufen, der zu Ihnen kommt, um Ihnen Gesellschaft zu leisten? Jemanden, dem Sie vertrauen können?«

»Nun ja ... nein. Meine Mutter ist heute Abend nicht zu Hause. Äh ... vielleicht könnte ich eine Freundin anrufen.«

»Dann fühlen Sie sich bestimmt gleich besser. Wahrscheinlich war das nur ein in Anführungszeichen ›harmloser‹ anonymer Anrufer. Diese Typen wagen sich niemals aus dem Haus. Sie bleiben, wo sie sind, machen diese charmanten Drohanrufe und ziehen sich daran hoch, fremden Leuten einen Schrecken einzujagen. Aber sie tauchen nur ganz selten draußen vor der Tür auf.«

»Gott sei Dank!«

»Normalerweise, müssen Sie sich keine Gedanken machen. Aber wegen der Überfälle auf Babysitter müssen wir die Sache ernst nehmen. Ich gebe Ihnen jetzt mal eine Nummer, die von Leutnant Ferris von der Stadtpolizei. Derartige Anrufe fallen in seinen Bereich.«

Jenny schrieb die Nummer auf ein Blatt, das sie von der Küchenrolle über dem Spülbecken gerissen hatte. »Okay«, sagte sie dann. »Soll ich ihn jetzt gleich anrufen?«

»Nur, wenn Sie wieder belästigt werden oder etwas Ungewöhnliches bemerken. Ferris hat die ganze Nacht Bereitschaft. Er kann Ihnen dann weiterhelfen. Aber wie ich schon sagte, diese Kerle lassen ihr geliebtes Telefon nur selten allein.«

»Vielen Dank, Officer. Vielen Dank auch.«

»Keine Ursache, das ist mein Job.«

Jenny legte auf und starrte auf die Telefonnummer. Sie faltete das Papier schließlich vorsichtig zusammen und steckte es in die Hosentasche. Jetzt fühlte sie sich schon besser. Wenigstens hämmerte ihr Herz nicht mehr wie eine Basstrommel und ihre Nackenmuskulatur entspannte sich auch allmählich wieder. Sie trank einen großen Schluck Cola und verließ mit der Dose in der Hand die Küche. Eigentlich wollte sie direkt ins Fernsehzimmer gehen, aber als sie an der Treppe in der Eingangshalle vorbei war, fiel Donny ihr wieder ein. Sie machte auf dem Absatz kehrt und stürmte die Treppe hinauf. Nachdem sie auf Zehenspitzen in sein Zimmer geschlichen war, sah sie ihn mit halb geöffneten Augen im Bett liegen. Es hatte den Anschein, als würde er sie ansehen, obwohl er fest eingeschlafen war.

Wie machen Kinder das bloß? überlegte Jenny. *Es sieht so unheimlich aus.*

Als sie die Treppe wieder hinunterging, fühlte sie sich schon viel besser. ›Die Polizei, dein Freund und Helfer!‹ – da war echt was dran. Der Officer war so gelassen und Vertrauen erweckend gewesen. ›Diese Typen verlassen nie das Haus‹, hatte er gesagt. ›Sie tauchen nie draußen vor der Tür auf.‹ Und es war ein gutes Gefühl, jetzt eine Telefonnummer zu haben, die sie im Ernstfall anrufen konnte.

Jenny hatte schon die Hälfte des Wohnzimmers durchquert, als ein lautes Klopfen an der Eingangstür sie erschrocken zusammenzucken ließ.

Nein, dachte sie dann, *da ist niemand an der Tür, das war nur der lose Fensterladen, der gegen die Hauswand klappert ...*

Aber das konnte gar nicht sein. Draußen herrschte völlige Windstille.

Wieder hörte sie das Klopfen. Vier Mal, und ganz laut. Da klopfte eindeutig jemand an die Haustür.

Jenny rannte in die Eingangshalle und fragte: »Wer ist da?«

Keine Antwort.

Wenn die Tür nur eine Kette hätte oder wenigstens einen Spion.

Wieder viermaliges lautes Klopfen.

»Wer ist da?«

Nichts.

Da kam Jenny eine Idee. Das Wohnzimmerfenster! Vielleicht konnte sie von dort aus die Veranda einsehen.

Wieder wurde viermal geklopft.

Jenny rannte ins Wohnzimmer zurück, verfing sich in einer Schlinge des abgewetzten Teppichs, fiel hin und schlug sich das linke Knie auf. Der Schmerz durchzog ihr ganzes Bein. Aber sie rappelte sich wieder hoch und humpelte weiter. Ihr Knie tat besonders weh, aber es war auszuhalten.

Vorsichtig zog sie die schweren Vorhänge einen Spaltbreit zurück.

Das Licht von der Veranda warf einen gelblichen Schein auf den Rasenvorplatz. Plötzlich hüpfte jemand draußen vor der Scheibe hoch, als käme er aus dem Boden geschossen. Als sich das grässlich verzerrte Gesicht der unförmigen Gestalt auch noch von außen gegen das Fenster presste, musste Jenny einfach schreien. »UAAAAAAH!«

11.

Nein, das darf nicht wahr sein. Das ist ein Alptraum, dachte Jenny. *Diese Gestalt – diese Kreatur – kann unmöglich echt sein.*

Dann erkannte sie, dass es sich um eine Monstermaske handelte, mit riesengroßen Gummireißzähnen, übergroßen blutunterlaufenen Augen, die aus ihren Höhlen hervor traten, und langen verworrenen Strähnen roten Plastikhaars, das wirr vom Kopf abstand.

›Hab keine Angst, gleich leiste ich dir Gesellschaft. Ich bin gleich bei dir, dann geht der Spaß erst richtig los.‹

Hektisch suchte Jenny nach der Telefonnummer des Polizisten. Wo hatte sie das Papier bloß hingesteckt? Sie hatte die Nummer doch auf das Stück Küchenrolle geschrieben und dann in die Tasche ... Da war es. Aber würde ihr noch Zeit genug bleiben, um dort anzurufen? Würde der Polizist rechtzeitig hier sein, bevor dieser Verrückte ... bevor er ...

Da zog er die Maske ab, und Jenny schrie völlig außer sich: »CHUCK! Wie konntest du mir das antun? Was fällt dir ein?«

»Reingelegt!«, rief Chuck draußen vor dem Fenster, warf die grässliche Maske hoch in die Luft, lachte wie ein Verrückter und sprang ebenfalls in die Höhe. Übermütig schlug er noch ein Rad auf dem Rasen und kam schließlich, immer noch triumphierend lachend über seinen vermeintlichen Erfolg, zurück zum Fenster und drückte die Nase gegen die Scheibe.

Rasch verwandelte sich Jennys Angst in Wut. Aufgebracht zog sie die Übergardine wieder vors Fenster und stapfte ärgerlich zur Haustür, die sie mit immer noch zitternden Händen aufschloss.

Chuck stand schon auf der Veranda und wartete mit einem breiten, selbstzufriedenen Grinsen auf dem Gesicht, als habe er gerade den ersten Preis für den besten Streich gewonnen. Dabei drehte er die abscheuliche Maske nervös zwischen den Händen. »Ich wusste, dass du zum Fenster kommen würdest, Jenny«, sagte er dann. »Du hättest mal dein Gesicht sehen sollen!«

»Geh weg, du Penner!«, schrie Jenny außer sich. »Verschwinde! Mach 'nen Abgang! Ich mein's ernst!«

Aber Chuck schien sie überhaupt nicht zu verstehen, oder vielleicht war ihm auch nicht klar, dass Jenny die Sache kein bisschen komisch fand. »Ich hab' dich echt reingelegt! Wahnsinn! Unglaublich!«

»Das war *nicht* witzig, Chuck, sondern total krank. Du bist krank! Du hast mich beinah zu Tode erschreckt.« Sie wollte die Tür zuschlagen, aber Chuck schob seinen Fuß in den Spalt dazwischen.

Erneut beschlich Jenny Angst. Chuck hatte sich so schnell und zielsicher bewegt, als wäre er gewohnt, dass man ihm die Tür vor der Nase zuschlagen wollte. Plötzlich wurde ihr auch bewusst, dass er womöglich doch hergekommen war, um ihr etwas anzutun. Vielleicht war er der Flüsterer am Telefon gewesen. Vielleicht war er wirklich gefährlich.

Eigentlich wusste sie doch gar nichts von ihm. Niemand wusste etwas von ihm.

»Verpiss dich, Chuck! Ich will dich wirklich nicht sehen. Ich bin ...«

»Du siehst süß aus, wenn du Schiss hast.«

Versuchte er jetzt, ihr noch mehr Angst zu machen?, überlegte Jenny. »Geh weg! Ich mein's ernst. Ich bin stinkwütend auf dich. Das war nicht witzig. Und hör auf, mich so anzugrinsen!«

Langsam verging ihm das Lachen. »Komm schon, Jenny ...«

»Nein.«

»Hier draußen ist es saukalt. Lass mich doch nur für ein paar Minuten reinkommen.«

»Nein, geh weg!«

Jetzt sah er sie flehend an und machte dabei ein Gesicht wie ein kleiner Junge. »Bitte, lass mich rein! Du darfst auch die Maske anprobieren!«

Dann kicherte er wieder wie ein Irrer. Er glaubte tatsächlich, dass er einen total abgefahrenen Joke gelandet hatte.

»Ich mein's ernst, Chuck. Nimm deinen Fuß da weg. Ich will dich nicht sehen. Du hattest kein Recht, mich so zu erschrecken.«

Allmählich schien er zu begreifen, dass Jenny es tatsächlich ernst meinte. Er trat einen Schritt zurück, ließ die Maske fallen und zuckte hilflos mit den Schultern. »Tut mir Leid.«

»Entschuldigung nicht akzeptiert. Gute Nacht«, sagte Jenny und wollte die Tür schon zumachen.

»Du hast Recht, Jenny. Das war blöd von mir. Ich weiß auch nicht, was ich mir dabei gedacht habe. Ich wollte dich einfach nur überraschen, glaube ich.«

»Mich überraschen? Na, das ist dir gelungen!«

Plötzlich fegte eine kräftige, eiskalte Windböe über die Veranda. Irgendwo weiter unten auf der Straße hörten sie es scheppern. Eine Mülltonne war offensichtlich umgefallen, und nun rollte der Deckel klappernd die Straße hinunter.

»Ich bin wirklich am Zittern, Jenny«, sagte Chuck. Er legte die Arme um seinen Körper und rieb sich die Seiten.

Jetzt erst bemerkte Jenny, dass er überhaupt keine Jacke trug, nur ein graues Sweatshirt. Ihm schien wirklich kalt zu sein, und anscheinend tat es ihm wirklich Leid. Außerdem sah es so süß aus, wie er da stand, sich die Seiten rieb und sie dabei ansah wie ein kleiner Junge, der um einen Keks bettelte.

»Darf ich reinkommen?«

»Na gut, aber nur kurz. Beeil dich!«

Chuck hob die Maske auf und kam schnell zu Jenny in den schmalen Windfang. Dabei zitterte er immer noch und rieb sich die Seiten.

»Du kannst aber nicht lange bleiben«, erklärte Jenny. »Die Hagens kommen bestimmt bald nach Hause. Mr. Hagen regt sich wegen jedem bisschen furchtbar auf. Er würde mich umbringen, wenn er mich hier mit einem Jungen erwischt«, fügte sie noch hinzu und ging voran ins Wohnzimmer.

»Wow, was ist das denn? Ein Antiquitätengeschäft?«

»Die Hagens sind gerade erst eingezogen und wollen das Wohnzimmer noch komplett renovieren lassen, weißt du.«

»Das Zimmer ist ganz schön groß, ideal für Partys!«

»Hör auf, so zu reden!«, fuhr Jenny ihn an. »Das ist mein Job.«

Chuck schien betroffen. »Tut mir Leid. Echt.«

Jenny wollte gerade etwas dazu sagen, als sie jemanden die Treppe herunterrennen hörte. Gleich darauf stürzte Donny im Pyjama ins Zimmer, eine Wange vom Schlafen ganz rot. »Wer ist denn das?«, wollte er wissen und zeigte mit dem Finger auf Chuck.

»Das ist mein Freund Chuck«, sagte Jenny schnell und sah ärgerlich zu Chuck hinüber. Sie wollte absolut nicht, dass der Junge wusste, dass sie Besuch hatte. Bestimmt erzählte er es sofort seinen Eltern.

»Hallo, Donny«, sagte Chuck und grinste breit.

»Woher weißt du, wie ich heiße?«, fragte Donny misstrauisch.

»Ich hab's einfach so erraten«, antwortete Chuck und grinste immer noch.

Donny grinste zurück.

»Donny, was machst du denn hier? Warum bist du nicht im Bett?«

Donny ignorierte Jennys Frage und zeigte auf die Maske in Chucks Hand. »Was ist das?«

»Eine Monstermaske«, erklärte Chuck und hielt die Gummifratze hoch, sodass Donny sie richtig sehen konnte. »Willst du sie mal aufprobieren?«

»Jaaah!« Donnys Augen strahlten vor Begeisterung.

»Nein, Chuck. Donny muss wieder ins Bett«, beharrte Jenny.

»Ach, bitte«, bettelte Donny und griff nach der Maske.

»Ach, bitte«, wiederholte Chuck im gleichen Tonfall. »Es dauert doch nur ein paar Sekunden, und dann geht Donny auch wieder brav nach oben. Stimmt's, Kumpel?«

»Kann schon sein«, sagte Donny vorsichtig und hielt still, während Chuck ihm die groteske Gummimaske über den Kopf zog. »Wie seh' ich aus?«

Jenny und Chuck konnten sich vor Lachen kaum noch halten, als sie den riesengroßen Monsterkopf auf dem kleinen dünnen Kinderkörper sahen.

»Ich will's auch sehen! Ich will's auch sehen!«, kreischte Donny und stürmte zum Spiegel in der Eingangshalle.

»Nicht rennen!«, rief Jenny noch, aber es war zu spät. Donny, der durch die Maske kaum etwas erkennen konnte, war am Sofa hängengeblieben und hatte sich den Kopf an einem Beistelltisch gestoßen. Sofort war Jenny bei ihm. »Hast du dir wehgetan?«, rief sie und sah Chuck vorwurfsvoll an.

»Mir geht's gut«, erklärte der Junge. Er rappelte sich schnell wieder auf und sauste weiter zum Spiegel.

»Kinder können was vertragen«, meinte Chuck zu Jenny und rief Donny nach: »Na, wie sieht's aus?«

»Furcht erregend«, antwortete Donny begeistert. »Ich bin ein Monster, und jetzt komme ich und fress euch auf!«

Da kam er auch schon mit ausgestreckten Armen zurück ins Wohnzimmer gestürmt.

»Nein! Bitte friss mich nicht!«, kreischte Chuck in gespielter Panik und duckte sich hinterm Sofa. Als Donny näher kam, rollte er sich über die Rückenlehne, ließ sich auf die Sitzkissen fallen und versteckte sich daraufhin hinter einem Sessel.

»Grrrrrrr!« brüllte Donny und stürmte weiter. Beinah hätte er Chuck erwischt, der gerade noch rechtzeitig ausweichen konnte und ins Fernsehzimmer rannte. Donny mit der Monstermaske dicht hinter ihm.

»Chuck! Donny! Hört auf damit! Donny muss jetzt wieder ins Bett!«

»Es hat mich! Das Monster hat mich erwischt!« schrie Chuck, als Donny ihn von hinten anfiel.

»He, ich werd hier nicht dafür bezahlt, auf zwei Babys aufzupassen!«, schrie Jenny außer sich.

»Ich bin kein Baby mehr!«, sagte Donny beleidigt.

Chuck stellte Donny langsam wieder auf die Beine. »Sie hat Recht«, flüsterte er Donny zu. »Es ist schon lange Zeit fürs Bett. Wir können das nächste Mal weiterspielen. Wenn du willst, bringe ich die Maske dann wieder mit.«

»Es wird kein nächstes Mal geben«, erklärte Jenny tonlos.

»Ach, Mensch, das ist gemein!«, maulte Donny.

»Ich bin ganz seiner Meinung«, sagte Chuck lachend.

»Er soll das nächste Mal gleich mitkommen«, verlangte Donny nun von Jenny.

»Ja, bring mich das nächste Mal mit!«

»Chuck, hör jetzt damit auf. Und was dich betrifft, Donny, du gehst jetzt sofort wieder ins Bett, sonst muss ich deiner Mom und deinem Dad sagen, dass du ungezogen warst.«

»Nur wenn er mich zudeckt«, sagte Donny und zeigte auf Chuck.

»Meinetwegen.« Jenny zuckte mit den Schultern und verdrehte die Augen. »Aber es wird nicht mehr rumgetobt und Chuck macht auch keine Faxen mehr. Ist das klar, Chuck? Du bringst ihn nur ins Bett und kommst sofort wieder runter.«

»Aye, aye, Captain!« Chuck salutierte vor ihr und nahm Donny die Maske herunter. Dann nahm er Donnys kleine Hand und ging mit dem Jungen die Treppe hinauf.

Jenny kehrte ins Fernsehzimmer zurück und ließ sich seufzend in den großen weißen Ledersessel fallen. Sie musste gähnen. *Wahrscheinlich hat mich all die Aufregung müde gemacht*, dachte sie und fand, dass Chuck wirklich gut mit Donny umgehen konnte. Die beiden hatten sich von Anfang an super verstanden, weil Chuck selbst noch ein großes Kind war. Deshalb hatte er ihr wahrscheinlich auch diesen blöden Streich mit der Maske gespielt. Hatte er denn wirklich gedacht, dass sie das witzig finden würde, oder hatte er sie tatsächlich zu Tode erschrecken wollen? Vielleicht. Immerhin war es echt krank, zu sagen: ›Du siehst so süß aus, wenn du Schiss hast.‹

Als Jenny Chuck im Wohnzimmer hörte, rief sie: »Ich bin hier im Fernsehraum.«

Kurze Zeit später erschien er im Türrahmen, kuschelte sich gleich darauf neben Jenny in den großen Sessel und legte ihr einen Arm um die Schultern.

»Lass das«, protestierte Jenny, aber Chuck schmiegte sich nur noch enger an sie und flüsterte ihr dabei ins Ohr: »Ich will mich doch nur entschuldigen. Das mit der Maske war ganz dumm von mir. Tut mir echt Leid.« Und dann strich er mit seinem Mund zärtlich über Jennys Wange. Jenny wandte sich ihm zu, und ihre Lippen berührten einander. Erst gab sie sich dem Kuss hin, zog sich dann aber abrupt von Chuck zurück, weil sie ihn jetzt endlich wegen der Telefonanrufe befragen wollte. Sie brauchte Klarheit, sonst würde sie Chuck nie richtig vertrauen, sich nie richtig wohl mit ihm fühlen können. Und sie wollte ihm vertrauen können und daran glauben, dass sie ein Paar werden konnten.

Jenny stand auf und ging zum Telefontischchen hinüber. Betroffen sah er ihr nach und fragte: »Was ist denn los?«

»Ich muss dich was fragen«, erklärte sie und hielt sich dabei an dem Tischchen fest. Sie sah sah Chuck dabei nicht an, sondern hielt den Blick auf das Bücherregal gerichtet.

»Worum geht's? Warum siehst du so sauer aus? Ich hab' doch gesagt, dass mir die Sache mit der Maske Leid tut.«

»Darum geht es nicht. Ich muss dich wegen was anderem fragen. Ich hoffe, du verstehst es nicht falsch, aber ich brauche einfach Gewissheit.«

Chuck zuckte mit den Schultern. »Kein Problem, ich nehm's dir schon nicht krumm. Du kannst mich alles fragen.« Er rang sich ein Lächeln ab, sah aber trotzdem sehr nervös aus.

»Ich krieg' immer so komische Anrufe, wenn ich hier bei den Hagens bin.« Jenny sah Chuck jetzt direkt in die Augen. Dann fragte sie geradeheraus: »Bist du der anonyme Anrufer?«

Chuck wurde knallrot, wollte etwas sagen, bekam aber kein Wort heraus. »Ja«, gelang ihm schließlich ein Flüstern. »Ja, ich hab' dich angerufen, Jenny. Es tut mir Leid.«

12.

Ungläubig starrte Jenny ihn an, während er verlegen zu Boden sah. Dabei schien sein Gesicht noch röter zu werden, und Jenny dachte: *Er sieht aus wie eine reife Tomate.*

Während sie sich überlegte, was sie nun tun sollte, jagte in ihr ein Gedanke den anderen. Chuck hatte die Anrufe zugegeben, einfach so. Er war krank, vielleicht sogar gefährlich. Sie musste ihn irgendwie wieder loswerden, sich und Donny vor ihm schützen.

Immer noch spürte sie seinen Mund auf ihren Lippen und sie dachte: *Wie konnte ich diesen Typ bloß küssen? Wie ist es möglich, dass ich jemanden gemocht habe, der zu so abscheulichen Anrufen fähig ist?*

Wie furchtbar. Wie tragisch. Wie erschreckend.

Chuck schien tatsächlich irgendwie durchgeknallt. Manchmal konnte er sich zurückhalten, witzig und nett sein, wie ein gutmütiger Kumpel von nebenan. Und manchmal kam offensichtlich sein anderes Ich ans Licht – seine kranke, bösartige Seite.

Was soll ich jetzt bloß tun?

»Ich ... ich wollte es dir schon erzählen«, riss er sie da aus ihren Gedanken. »Ich ... ich wollte dir keine ...« Aber dann versagte ihm die Stimme. Betrübt schüttelte er den Kopf und blickte weiter zu Boden, bis sie beide von einem lauten Knall hochschreckten.

»Was war das?«, stieß Chuck hervor, offensichtlich froh über die Unterbrechung.

»Hoffentlich nichts mit Donny!«, rief Jenny und stürzte zur Tür.

»Nein, das kam von draußen«, erklärte Chuck, der Jenny durchs Wohnzimmer gefolgt war. »Von hinten aus dem Garten, glaube ich.«

»Ich seh' trotzdem erst einmal oben nach dem Rechten«, sagte sie und nahm gleich zwei Stufen auf einmal.

Donny schlief friedlich und hielt einen Stofftiger im Arm. *Die beiden sehen aus wie Calvin und Hobbes,* dachte Jenny, bevor sie das Zimmer verließ, um rasch noch einen Blick in die anderen Räume im ersten Stock zu werfen. Dabei wagte sie allerdings nicht, Licht zu machen, da sie eigentlich niemanden hier oben finden wollte. Aber da war auch nichts. Der Knall war von draußen gekommen. Chuck hatte Recht gehabt.

Jenny eilte wieder die Treppe hinunter und rief nach ihm. Er war in der Küche und spähte durchs Fenster der Hintertür.

»Hast du irgendwas gesehen, Chuck?«

»Nein, nichts. Ich glaub', das können wir vergessen.«

»Nein, dazu hat es viel zu laut geknallt. Ich kann nicht so tun, als wäre nichts gewesen. Ich bin hier verantwortlich. Ich muss wissen, wodurch das Geräusch verursacht worden ist. Vielleicht hat jemand was umgeworfen, vielleicht war's auch nur ein Tier, was weiß ich?«, stieß Jenny aufgeregt hervor.

»Beruhig dich, Jenny!« Chuck wollte ihr tröstend die Hände auf die Schultern legen, aber sie wich vor ihm zurück und er wusste, warum. Sie sah ihm an, wie peinlich ihm alles war. Schließlich schlug er vor: »Gut, dann lass uns die Polizei anrufen!« Und er ging auf das Telefon an der Wand zu.

»Nein, warte!«, rief Jenny da und zog seine Hand zurück. »Was, wenn es doch falscher Alarm ist? Vielleicht war es nur ein Waschbär, der im Müll herumgewühlt und dabei die Tonne umgestoßen hat. Ich will nicht, dass die Polizei hier womöglich mit Blaulicht anrückt. Nachher denken die Hagens noch, ich bin eine hysterische Kuh, die wegen jeder Kleinigkeit die Krise kriegt.«

»Okay, dann tun wir einfach so, als sei nichts gewesen«, stimmte Chuck achselzuckend zu.

Aber Jenny ging zum Waschbecken hinüber und fing an, die Schubladen im daneben stehenden Wandschrank zu durchwühlen. Schließlich förderte sie eine silberschwarze Taschenlampe zutage. Sie knipste sie an, um zu sehen, ob die Batterie noch ging.

»Taghell«, stellte sie fest und leuchtete Chuck ins Gesicht, der sofort seine Augen beschattete.

»Was hast du vor, Jenny?«

»Ich geh' raus und seh' mir das mal an«, antwortete sie und öffnete die Tür, die in den Garten hinausführte. »Du bleibst hier und passt auf! Wenn du irgendwas Ungewöhnliches siehst oder hörst, rufst du die Polizei an.«

»Aber, Jenny ..."

Doch Jenny war schon draußen und leuchtete sich mit dem schmalen Schein der Taschenlampe den Weg zur Garage. Die Luft war frisch und sauber, und sie atmete tief durch. Irgendwo in der Nähe hatte jemand den Kamin angezündet, es roch nach Feuerholz und Bratäpfeln.

Jenny drehte sich noch einmal zu Chuck um, der mittlerweile in der Küchentür stand und ihr nachsah. *Ob ich hier draußen wohl sicherer bin als da drin – mit Chuck?* fragte sie sich. *Was glaube ich hier eigentlich zu finden? Ich weiß doch schon, dass der bescheuerte anonyme Anrufer im Haus ist und mich von der Küche aus beobachtet.*

Jenny zitterte – nicht nur vor Kälte. Unter ihren Schritten knackten die morschen Zweige, die die Herbststürme der vergangenen Tage von den Bäumen geholt hatten. Suchend ließ sie den Schein der Taschenlampe durch den Garten wandern. Auf dem Rasen lagen überall Laubhaufen, die im Dunkeln aussahen wie kleine Vulkane. Aber sonst waren da nur ein paar Büsche. Dann leuchtete sie an dem langen, hohen Holzzaun entlang, der das Grundstück umgab. Aber auch da war nichts.

Immer noch herrschte absolute Windstille. Kein Blättchen und kein Ast rührten sich. Die Bäume selbst schienen Jenny stillschweigend zu betrachten.

Aber hatte sich da nicht gerade links von ihr etwas bewegt?

Im Vorbeigehen hatte sie aus dem Augenwinkel einen hohen Busch wahrgenommen, den man im Halbschatten und von der Größe her durchaus für einen Menschen hätte halten können. Doch als Jenny genauer hinsah, stellte sie fest, dass es sich ganz eindeutig nur um einen Buchsbaum handelte. Sie atmete tief ein und ganz langsam wieder aus. Wieder einmal hatte ihr ihre rege Fantasie einen Streich gespielt.

Dann leuchtete sie auch die anderen Büsche auf dem Rasen an. Alles sah ganz normal aus. Da war nichts, was nicht hingehörte.

Aber das Krachen war ziemlich laut und ganz in der Nähe gewesen.

Vielleicht hat wirklich nur ein Waschbär im Müll gewühlt, überlegte Jenny nun. *Wo steht eigentlich der Mülleimer? Bestimmt in der Garage.*

Sie ging einen Schotterweg entlang, der zur Garage hin leicht abfiel, hielt aber bald darauf verwundert inne. Hatte da seitlich an der Garage nicht ein hellgelber Strahler gebrannt, als sie angekommen war?

Jetzt war das Licht aus. Aber vielleicht hatte sie sich auch vertan. Vielleicht hatte das Licht gar gebrannt oder die Birne war kaputtgegangen. Das kam ja schon mal vor.

Plötzlich überlief Jenny ein Schauder. Sie hätte doch eine Jacke anziehen sollen. Es war so kalt draußen, dass sie ihren Atem sehen konnte, der warm und feucht vor ihr aufstieg und im schwankenden Schein der Taschenlampe hin- und herwaberte. Da hörte sie ein Knirschen, als ob jemand über den Kies der Auffahrt schlurfte, und sie richtete den Strahl der Taschenlampe auf die Garage. Schon wieder das Schlurfen. Jetzt hustete jemand. Es war ein Mann. Jenny machte sofort die Taschenlampe aus.

Aber was jetzt? Sollte sie dem Mann etwas zurufen, oder sich an ihn heranschleichen, oder lieber zum Haus zurückrennen?

Jenny knipste die Taschenlampe wieder an und leuchtete damit die Garage an. Das Tor stand offen. Sie konnte hinten an der Wand Winterreifen hängen sehen. Es standen einige Gartenmöbel und ein Kinderfahrrad darin.

Wieder hörte sie Schritte von schweren Stiefeln, diesmal auf Beton, dem Betonboden der Garage. Der Mann hustete wieder. Das Herz schlug Jenny bis zum Hals, und sie hatte Mühe, die Taschenlampe ruhig zu halten.

»Wer ist da?«, entfuhr es Jenny schließlich leise, und sie hätte beinah ihre eigene Stimme nicht erkannt. Eigentlich hatte sie gar nichts sagen wollen. »Wer ist da?«, rief sie noch einmal.

Da trat der Mann in den Lichtkegel der Taschenlampe und lächelte Jenny an. »Entschuldige, ich hoffe, ich hab' dich nicht erschreckt.«

Es war Willers, der Nachbar. Er trug dasselbe karierte Holzfällerhemd wie bei ihrer ersten Begegnung. Er kam ein paar Schritte auf Jenny zu und blieb dann stehen. »Es tut mir wirklich Leid. Du siehst ja richtig ängstlich aus. Ich bin's doch nur, Willers, der Nachbar!«

Seine Stimme war so rau wie Sandpapier, und dass er auf Jennys Angst anspielte, machte ihr nur noch mehr Angst.

»Was haben Sie hier hinten verloren, Mr. Willers?«, fragte Jenny schließlich mit zitternder Stimme.

»Ich war der Meinung, ich hätte einen Landstreicher gesehen«, antwortete er, und Jenny dachte: *Schon wieder diese Geschichte.* Das machte Willers nicht gerade glaubwürdig. Er fuhr fort: »Hier hinten im Garten der Hagens. Ich wollte mich nur vergewissern, dass ...«

»Aber was war das dann für ein lautes Geräusch?«, unterbrach Jenny ihn ungeduldig, während sie den Strahl der Taschenlampe weiterhin auf Willers' unrasiertes Gesicht hielt.

»Was für ein Geräusch? Ach so, ich bin über den Holzstapel gestolpert.« Er wies auf die Scheite an der Garagenwand, die tatsächlich wild durcheinanderlagen. »Morgen früh bring ich das wieder in Ordnung.«

»Aber ... Sie haben überhaupt keine Taschenlampe dabei. Sind Sie etwa ohne Licht hier rausgegangen?«

Willers lächelte verlegen, es schien, als hätte Jenny ihn bei einer Lüge ertappt. »Ich wollte mich an den Kerl ranschleichen«, sagte er dann. »Du weißt schon, ihn überrumpeln.«

Plötzlich verschwand sein Lächeln und er fragte: »Bist du ganz allein in dem großen Haus?«, wobei sich seine rauchige Stimme anhörte wie das Flüstern am Telefon.

Jenny war auf die Frage nicht vorbereitet, außerdem sah Willers sie nun so durchdringend an, als hoffte er, allein dadurch die Antwort auf seine Frage zu erhalten.

»Nein«, entgegnete Jenny ihm schließlich, »ich bin nicht allein. Ein Freund leistet mir Gesellschaft.«

»Aha«, meinte Willers und kratzte sich das stoppelige Kinn. »Ich hab' mich schon gefragt, wem wohl das Auto vor dem Haus gehört.«

Was für ein neugieriger Kerl!, dachte Jenny. Ob er wohl die ganze Zeit das Haus der Hagens beobachtete.

Eine Weile herrschte Schweigen. Jenny zitterte vor Kälte inzwischen so sehr, dass ihr beinah die Taschenlampe aus der Hand gefallen wäre. Willers, der das bemerkt hatte, sagte: »Du solltest besser wieder reingehen. Hier draußen holst du dir noch den Tod.« Dabei hatte seine Stimme einen ganz merkwürdigen Unterton, als wollte er Jenny drohen.

»Hier draußen ist kein Landstreicher«, fuhr er dann fort. »Vielleicht habe ich ihn verscheucht. Tut mir Leid, wenn ich dich erschreckt habe.«

»Schon gut«, meinte sie.

»Nacht.«

»Nacht.« Sie sah ihm noch nach, bis er zwischen den Bäumen am Ende des Grundstücks verschwunden war. Als sie wieder in die Küche kam, zitterte sie immer noch am ganzen Körper.

»Du armes Ding«, begrüßte Chuck sie. »Du warst

ganz schön tapfer. Komm her, lass dich von mir wärmen.« Er nahm ihre Hände und wollte sie warm reiben, aber Jenny wich vor ihm zurück. »Nein, Chuck, lass das!«

»Jenny, dieser Mann da draußen ...«

»Das war nur der Nachbar. Er ist aus Versehen über den Holzstapel gestolpert, daher das laute Geräusch, das wir gehört haben ... Ich denke, du solltest jetzt lieber gehen.«

»Aber, ich möchte ...«

»*Ich möchte,* dass du jetzt gehst. Wir haben uns nichts mehr zu sagen.«

»Doch, das haben wir«, widersprach Chuck und klang plötzlich wieder viel bestimmender, so als sei er sich soeben über etwas klar geworden. Er zog sich einen Küchenstuhl heran und setzte sich rittlings darauf. »Ich gehe nicht, bevor du mich nicht angehört hast.«

»Aber ich hab' dir doch gesagt, dass es zu diesem Thema nichts mehr zu sagen gibt.«

»Aber ich muss dir noch was erklären, Jenny. Wegen den Anrufen. Ich weiß, dass das falsch war und es dafür eigentlich keine Entschuldigung gibt. Aber ich möchte es dir wirklich erklären. Danach gehe ich. Versprochen.«

Jenny lehnte sich gegen die Anrichte und schloss die Augen. »Okay, dann schieß mal los!«

»Letzten Samstag habe ich bei deiner Mutter angerufen, um sie wegen der Telefonnummer der Hagens zu fragen.«

»Ich weiß.«

»Ich wollte nur kurz anrufen und hallo sagen. Und vielleicht noch ein bisschen mit dir quatschen, nichts Besonderes. Ich dachte, vielleicht langweilst du dich hier so ganz allein und wir könnten uns unterhalten, um uns ein bisschen besser kennen zu lernen.«

»Also wirklich, Chuck ...«

»Jenny, bitte, lass mich ausreden! Das ist echt nicht leicht für mich.«

Es schien tatsächlich der Wahrheit zu entsprechen. Chuck sah richtig leidend aus und umklammerte die Stuhllehne so fest, dass seine Knöchel weiß hervortraten. Seine Augen gingen unruhig hin und her, und beim Sprechen zitterte ihm vor Aufregung das Kinn.

»Red weiter!«, forderte ihn Jenny auf.

»Okay. Also, ich war wirklich total aufgeregt, als ich dich anrief. Ich meine, ich hatte dich doch vorher noch nie angerufen. Und auch wenn du mir das jetzt nicht glaubst, aber ich bin wirklich sehr schüchtern.« Während Chuck erzählte, rutschte er unruhig auf dem Küchenstuhl hin und her. »Ich meine, die Witze, die ich dauernd reiße und das Rumkaspern dient wohl nur dazu, mich dahinter zu verstecken. Ich mach' das, weil ich Menschen gegenüber meistens unsicher bin. Dann krieg' ich Angst, sie könnten denken ich sei merkwürdig und mich nicht leiden können, oder so was.«

Er wischte sich die feuchten Hände an den Jeans ab. »Deshalb ist es für mich auch nicht leicht, bei einem Mädchen anzurufen, besonders, wenn ich es auch noch so gern habe wie dich. Es hat über 'ne Stunde gedauert, bis ich allen Mut zusammenhatte. Kannst du dir das vorstellen?«

»Mh«, machte Jenny.

»Und als du abgenommen hast, bin ich, glaub' ich, einfach in Panik geraten und hab' total vergessen, was ich sagen wollte. Vor lauter Aufregung musste ich ganz schwer atmen. Ich kam mir so blöd vor. Wie gelähmt. Fast, als ob ich jeden Augenblick in Ohnmacht falle. Ich wollte mit dir reden, aber ich hab keinen Ton herausgebracht. Ich hörte dich immer wieder ›hallo, hallo‹ sagen, aber ich hab' einfach zu große Panik geschoben, um zu sprechen. Und dann hab' ich schließlich einfach aufgelegt. Nachdem ich mich wieder beruhigt hatte, kam ich mir deshalb total bescheuert vor, weil mir aufging, dass du wahrscheinlich gedacht hast, dich hätte irgend so'n Trottel oder Spaßmacher angerufen.«

»Ich habe nur jemanden atmen hören«, sagte Jenny. »Ich dachte tatsächlich, das wär so 'n Verrückter, der Mädchen anruft und ihnen einen vorstöhnt.«

»Tut mir echt Leid. Ich wollte es dir eigentlich schon am Sonntag im Einkaufszentrum sagen, aber es war so toll mit dir, dass ich es nicht verderben wollte. Ich wollte dir nicht erzählen, was für'n Obertrottel ich in Wirklichkeit bin. Das Ganze war mir so peinlich, dass ich es am liebsten vergessen hätte.«

Wieder wischte sich Chuck die Hände an der Hose ab und hielt nach wie vor den Blick gesenkt. Jenny spürte, dass er unheimlich erleichtert war, sich einen Teil seiner Schuld von der Seele geredet zu haben.

»Und weiter«, fragte Jenny nun.

Verwundert sah Chuck auf. »Wie weiter?«

»Was war mit den anderen Anrufen?«

»Was für andere Anrufe?«

»Jetzt stell dich doch nicht blöd! Ich will hören, wie du die anderen Anrufe entschuldigst.«

»Da gab's keine anderen Anrufe. Ich habe nur einmal die Nummer hier gewählt. Glaubst du, ich probier's noch mal, nachdem das so 'ne Katastrophe war?«

»Aber ich habe noch mehr Anrufe bekommen. Drohanrufe von jemandem, der mich mit Flüsterstimme gefragt hat, ob ich allein wär', und dann gesagt hat, dass er gleich herkommt.«

»Was?«

»Ja, am Samstagabend und heute auch wieder.«

»Jenny, das ist ja furchtbar! Und du dachtest, ich wär' das gewesen?«

»Nein, ich meine ..., ich war mir nicht sicher. Als du gesagt hast, du hättest mich angerufen, dachte ich ...«

»Ich hab' dich wirklich nur einmal angerufen. Das musst du mir glauben.« Dabei sah Chuck ihr zum ersten Mal an diesem Abend direkt in die Augen. »Du musst mir einfach glauben, hörst du?«

Anstatt darauf zu antworten, lief Jenny auf ihn zu, und Chuck schloss sie in die Arme und küsste sie zärtlich und Jenny erwiderte seinen Kuss.

Es war so ein gutes Gefühl, von Chuck in den Arm genommen und geküsst zu werden. Jetzt fühlte sie sich bei ihm auch wieder sicher und geborgen.

Aber glaubte sie ihm auch?

Ganz sicher war sie sich immer noch nicht, ob sie Chuck wirklich trauen konnte.

13.

Zwanzig Minuten später küssten sie sich immer noch, mittlerweile allerdings auf dem weißen Ledersessel im Fernsehraum, als sie eine Autotür zuschlagen hörten.

»Die Hagens!«, rief Jenny und schob Chuck von sich. »Sie sind früher als beabsichtigt nach Hause gekommen!«

Einen Augenblick lang war Chuck total verwirrt, aber dann begriff er, warum Jenny voller Panik war. Er rief: »Ich bin schon draußen, aber wo?«

»Nimm die Hintertür! Nein, die Vordertür!« kreischte Jenny. »Schnell! Geh vorne raus! Beeil dich!«, rief sie noch und überlegte, ob da nicht gerade die Hintertür in der Küche geöffnet wurde. Wenn es so war, würden die Hagens in wenigen Sekunden im Flur sein. Hoffentlich schaffte Chuck es noch rechtzeitig!

Er flog förmlich durchs Wohnzimmer, riss die Haustür auf und verschwand, ohne sich ein einziges Mal umzudrehen.

»Die Tür! Du hast die Tür offen gelassen!«, rief Jenny ihm noch nach, aber er war schon längst draußen, und nun rannte sie selbst zur Tür. Keine Spur mehr von Chuck. Er musste sich irgendwo hinter den Büschen aufhalten und wollte wohl warten, bis die Hagens im Haus waren, um dann unbemerkt zum Auto zu kommen.

Jenny hatte die Haustür gerade zugemacht, als auch schon die Küchentür aufging. Ängstlich warf sie einen Blick ins Wohnzimmer, um festzustellen, ob Chuck auch nichts vergessen hatte, das seine Anwesenheit verraten könnte.

Als Mr. Hagen, dicht gefolgt von seiner Frau, die sehr aufgeregt und verärgert wirkte, auf Jenny zugestürzt kam, sagte sie schnell: »Ich wollte Ihnen gerade aufmachen.«

Aber die beiden beachteten sie gar nicht. Mrs. Hagen redete auf ihren Mann ein: »Das kann nicht so weitergehen, Mike.« Jenny war klar, dass sie sich offensichtlich schon seit geraumer Zeit stritten. »Es gab überhaupt keinen Grund, so früh von den Fischers wegzugehen. Jenny ist voll und ganz in der Lage ...«

Ohne auf seine Frau einzugehen, fragte Mr. Hagen: »Ist mit Donny alles in Ordnung?«

»Es geht ihm wunderbar«, erklärte Jenny, der das Herz vor Aufregung über Chucks knappes Entrinnen immer noch bis zum Hals schlug. Dabei versuchte sie, ruhig und normal zu antworten und so zu tun, als bemerkte sie nicht, dass die Hagens Streit hatten.

Mr. Hagens Wangen und Ohren glühten und sein

Blick aus stahlgrauen Augen bohrte sich in Jennys. Er hoffte wohl so feststellen zu können, ob sie ihm etwas verheimlichte. Dann stürzte er auf die Treppe zu, hielt sich mit seinen großen Händen am Geländer fest und eilte hinauf, wobei er trotz seiner Behinderung zwei Stufen auf einmal nahm. Kopfschüttelnd sah seine Frau ihm nach und wirkte auf Jenny plötzlich sehr alt und müde.

Jenny hatte ein ganz ungutes Gefühl, nicht nur wegen Chuck, sondern auch, weil Mr. Hagen ihr immer noch nicht traute.

Eigentlich hat er allen Grund dazu, überlegte sie dann. *Ich war im Fernsehzimmer und hab' die ganze Zeit rumgeknutscht, anstatt aufzupassen – was mein Job gewesen wäre.*

Um das unangenehme Schweigen zu brechen, berichtete sie schließlich Mrs. Hagen, dass Donny den Abend über lieb gewesen war.

»Er ist ein guter Junge«, meinte seine Mutter müde. Sie zog sich den Mantel aus und hängte ihn übers Geländer. In diesem Augenblick erschien ihr Mann wieder oben an der Treppe und sagte: »Donny geht es gut.« Er sah dabei aber immer noch beunruhigt aus.

»Natürlich, geht's ihm gut«, erwiderte Mrs. Hagen achselzuckend. »Ich hab' deine Verdächtigungen und Vorahnungen wirklich satt, Mike! Donny ist bei Jenny in guten Händen. Es gibt überhaupt keinen Grund, sich so aufzuregen.«

Wieder tat Mr. Hagen, als sei seine Frau gar nicht da. Er wandte sich an Jenny, während er langsam die Treppe herunterkam. »Ich dachte, ich hätte draußen auf der anderen Straßenseite ein Auto parken sehen. Weißt du irgendetwas darüber?«

»Nein, keine Ahnung«, log Jenny.

Unten angekommen, hinkte Mr. Hagen nun hinüber ins Wohnzimmer, nahm ein wenig die schweren

Vorhänge zur Seite und sagte dann: »Das ist ja merkwürdig«, wobei seine Stimme vom dicken Samtstoff gedämpft wurde und es sich anhörte, als sei er ganz weit weg. »Ich hätte schwören können, dass da ein Auto war. Jetzt ist es weg.«

Eine ganze Weile stand er noch so am Fenster und sah hinaus. Als er in den Flur zurückkam, warf er Jenny einen misstrauischen Blick zu, und sie überlegte, ob er ihr wohl am Gesicht ablesen konnte, dass sie ein schlechtes Gewissen hatte. »Hast du auch keine Autotür zuschlagen hören? Oder sonst was Ungewöhnliches mitbekommen?«

»Nein, keinen Mucks. Ich bin fast die ganze Zeit im Fernsehzimmer gewesen.«

Mr. Hagens Gesichtsausdruck änderte sich nicht, und Jenny überlegte, ob er sie wohl deshalb so anstarrte, weil er wusste, dass sie log?

»Du hast vergessen, Jennys Jacke mit runterzubringen, Mike«, warf nun Mrs. Hagen ein, offensichtlich bemüht, das Thema zu wechseln.

»Das macht nichts«, rief Jenny, »ich hol' sie schon.«

»Nein, nein, lass mal! Ich hol' sie«, beharrte Mr. Hagen und war schon wieder halb oben.

»Er hatte heute einen schlechten Tag«, vertraute Mrs. Hagen Jenny an, als ihr Mann außer Hörweite war. »Er steht in letzter Zeit ziemlich unter Druck. Aber das hab' ich dir ja schon gesagt. Ist alles glatt gelaufen?«

»Nun ja«, fing Jenny zögernd an, »eigentlich ist etwas ganz Merkwürdiges passiert. Ihr Nachbar ...«

»Schh, mein Mann kommt zurück«, flüsterte Mrs. Hagen. »Bitte behellige ihn heute Abend nicht damit«, fügte sie noch hinzu und sah Jenny bittend an.

Unten angekommen, gab Mr. Hagen Jenny die Jacke und ging noch einmal ins Wohnzimmer.

»Ich leg' mich schon mal hin«, meinte Mrs. Hagen. Sie

unterdrückte ein Gähnen und tätschelte Jenny lächelnd die Schulter. »Gute Nacht, und bis Samstag dann.«

»Moment mal! Was ist denn das?«, rief da ihr Mann aufgeregt aus dem Wohnzimmer.

Oh nein, dachte Jenny, *hat Chuck womöglich seine Jacke liegen lassen?* Aber nein, er hatte gar keine angehabt.

Während sie ins Wohnzimmer eilte, fragte sie sich, was Mr. Hagen wohl entdeckt haben mochte. Er stand vor dem Kamin und streckte ihr die Monstermaske hin.

»Wo kommt das Ding her?«, fragte er misstrauisch, während die heraustretenden blutunterlaufenen Augen der Maske bedrohlich vor Jenny hin- und herwackelten.

»Ach, die dumme Maske«, sagte Jenny, um Zeit zu gewinnen. Chuck hatte sie wohl auf dem Sofa liegen lassen. Sie rang sich ein Lächeln ab und antwortete »Ich hab' sie Donny mitgebracht, weil ich dachte, er würde seinen Spaß daran haben.«

Mr. Hagen drehte die Maske um und besah sie sich genauer, doch sein misstrauischer Gesichtsausdruck blieb. »Abgesehen davon, dass ich das Ding nicht komisch finde, frage ich mich, warum ich es nicht bei dir gesehen habe, als du gekommen bist?«

»Ich hatte die Maske im Rucksack«, erklärte Jenny schnell und nahm sie Mr. Hagen aus der Hand. »Ich steck' sie sofort wieder ein. Donny hat sie sowieso nicht gefallen.«

»Weil sie ihm keine Angst gemacht hat, stimmt's?«, fragte er und lächelte jetzt sogar ein wenig.

»Nein, ich glaube nicht. Er hat nur gesagt, dass sie krass wäre«, erzählte Jenny und lief schnell ins Fernsehzimmer, um die Maske in ihrem Rucksack verschwinden zu lassen. Wenn Donny sie morgen früh nicht mehr herumliegen sah, würde er seinen Eltern vielleicht auch nichts von Chuck erzählen.

»Mike, wieso nimmst du Jenny eigentlich ins Kreuzverhör?«, wollte nun Mrs. Hagen wissen, die wohl wieder heruntergekommen war und in der Tür zum Wohnzimmer stand.

Erstaunt sah Mr. Hagen auf. »Hab' ich das? Tut mir Leid, Jenny. Das wollte ich nicht. Ich glaube, ich bin heute Abend einfach in bisschen neben mir.«

»Das ist schon in Ordnung«, sagte Jenny aufgeräumt. »Ich bin so weit, wir können jetzt los.«

Unterwegs kam Mr. Hagen Jenny noch nervöser als sonst vor. Er redete unablässig, wobei er ständig das Thema wechselte. Zuerst erzählte er ihr von Donny und der Schule, dann von einem Baumhaus, das er für seinen Sohn bauen wollte, dann von einem Hund, den er in Donnys Alter einmal gehabt hatte und der auf mysteriöse Weise verschwunden war. Aber als sie an einer Ampel, ein paar Häuserblöcke von Jennys Zuhause entfernt, anhalten mussten, wurde Mr. Hagen plötzlich ganz still und wandte sich Jenny mit ernstem Gesicht zu.

»Wahrscheinlich gibt es gar keinen Grund, davon anzufangen«, sagte er schließlich leise, »aber ich würde gern etwas klarstellen. Es gibt eine ganz wichtige Regel, die unsere Babysitter einhalten müssen, und die lautet: keine Besuche. Ich weiß, dass sie gern ihre Freunde einladen, um Gesellschaft zu haben. Ich nehme auch an, dass einige Eltern damit einverstanden sind oder darüber hinwegsehen. Aber ich nicht. Ich glaube einfach nicht, dass das gut ist. Ich will nämlich, dass du dich ganz auf Donny konzentrierst. Ich hoffe, du verstehst das.«

Warum sagt er das gerade jetzt? überlegte Jenny. Hatte er sich zusammengereimt, dass das geparkte Auto gegenüber und die Maske im Wohnzimmer zusammenhingen? Oder konnte er Gedanken lesen?

Mittlerweile war es wieder grün geworden, aber Mr. Hagen fuhr einfach nicht weiter. Unruhig rutschte Jenny auf dem Sitz hin und her um ihm dann zu sagen, dass sie das verstünde. Dabei spürte sie, wie sie rot wurde. Glücklicherweise konnte Mr. Hagen das im Dunkeln nicht sehen.

»Wir hatten noch ein Kind«, erklärte er ihr dann, während er dabei mit völlig starrem Gesichtsausdruck aus dem Fenster sah. Schließlich fuhr weiter. Jenny sah zu ihm hinüber und wartete darauf, dass er weiterredete. Aber es kam nichts mehr. Mit seinen Gedanken schien er weit weg zu sein. Das änderte sich auch nicht, als sie bei Jenny zu Hause ankamen.

»Gute Nacht, Mr. Hagen«, sagte sie und stieg aus.

Aber er schien sie nicht einmal mehr zu hören. Er starrte einfach nur weiter vor sich hin und fuhr ohne ein Wort des Abschieds davon. Verwundert sah Jenny ihm nach.

14.

»Eins weiter! EINS WEITER!«

Mrs. Marks kräftige Stimme füllte die große Turnhalle. »Jede rückt eins weiter! Jenny, du hast Aufschlag!«

»Meine Güte wie ich Volleyball hasse!«, raunte Jenny Laura zu, als sie aneinander vorbeikamen, während alle Mädchen einen Platz aufrückten.

»Ich hätte da einen Tipp«, sagte ihre Freundin, die sich nach vorn gebeugt hatte und die Hände auf den Knien abstützte, um wieder zu Atem zu kommen.

»Lass hören!«

»Versuch doch mal, den Ball übers Netz zu kriegen!«

Die umstehenden Mädchen lachten, und Jenny warf Laura einen missbilligenden Blick zu, bevor sie den Ball mit aller Macht schlug. Aber wieder landete er nur im Netz.

»Letzter Versuch«, rief Mrs. Marks und sah Jenny ebenso missbilligend an wie Jenny vorher Laura. »Versuch, den Ball von unten zu erwischen! Von unten, hörst du?«

»Du kannst mich mal«, murmelte Jenny leise vor sich hin.

»Wie bitte?«, rief Miss Marks.

»Ich sagte, ich bemüh mich«, erklärte Jenny laut, warf den Ball mit der Linken in die Luft und erwischte ihn gerade noch von unten mit der rechten Faust. Diesmal ging er unterm Netz durch. Jenny sah, dass Laura sie auslachte. Ungehalten stampfte sie mit dem Fuß auf. »Du bist heute echt eklig, Laura.«

»Die Blauen haben Aufschlag. Eins weiter. EINS WEITER, MÄDCHEN!«, rief Miss Marks.

»Was is'n los, Laura?«

Der Ball kam übers Netz geflogen, und Jenny baggerte ihn hoch in die Luft. Sarah Robbins stieg auf und bridgte ihn zurück aufs andere Spielfeld.

Wieder fragte Jenny: »Was hast'n du für 'n Problem?«

»Ach, ich weiß auch nicht«, sagte Laura und bridgte den zurückkommenden Ball mit Leichtigkeit wieder hinüber zur anderen Mannschaft. »Ich glaube, ich bin schlecht gelaunt, weil ich gestern Abend mit Bob Tanner Schluss gemacht habe.«

»WAS?!«

»Eins weiter! EINS WEITER!«

»Ist das dein Ernst, Laura? Ähp!«

Der Ball prallte von Jennys Oberkörper ab, und es

hörte sich an, als entwiche im gleichen Augenblick jegliche Luft aus ihren Lungen. Sie wollte noch etwas sagen, aber ihre Stimme versagte ihr den Dienst. Dann sackte sie zusammen und fiel auf den Hallenboden, wollte wieder aufstehen, fühlte sich aber viel zu schwindelig und sah nur noch Sternchen.

Miss Marks trillerte mit ihrer Pfeife und rief: »AUSZEIT!«

Als Jenny die Augen aufschlug, kniete die Sportlehrerin neben ihr. »Es ist alles in Ordnung, Jenny. Der starke Aufprall des Balls hat dir für einen Augenblick den Atem genommen. Jetzt ist alles wieder gut.«

Wie kann mit mir alles in Ordnung sein, wenn ich durch diesen blöden Ball ohnmächtig geworden bin?, dachte Jenny, sagte aber nichts, weil sie nicht sicher war, ob sie überhaupt ein Wort herausbringen würde. Immer noch fiel ihr das Atmen schwer, aber es gelang ihr schließlich, sich aufzurichten.

»Laura, geh mit Jenny in die Umkleide«, ordnete Miss Marks an und klopfte dem Mädchen aufmunternd auf die Schulter. Dann ließ sie weiterspielen.

Während Laura Jenny beim Arm nahm und hinausbegleitete, übertönten Miss Marks' Anweisungen sogar das Klingeln in Jennys Ohren.

»Schon gut, Laura«, sagte sie mit dünner, zitternder Stimme, als sie die Halle verlassen hatten. »Ich kann jetzt wieder allein gehen.« Sie entzog ihrer Freundin den Arm.

»Tut mir Leid, Jenny, das war alles meine Schuld«, sagte Laura und strich sich das Haar aus der Stirn.

»Nein, ich hätte einfach besser aufpassen müssen«, erklärte Jenny.

»Geht's wieder mit dem Atmen?«

»Ja, alles okay. Ehrlich.« Jenny ließ sich auf die Bank im Umkleideraum fallen. »Ich fühl' mich nur ein bisschen wie beschwipst, aber das geht bestimmt gleich vorbei.«

»Soll ich so lange hier bleiben?«

»Nein, brauchst du echt nich', Laura. Geh ruhig wieder rein. Ich ruh' mich nur noch ein bisschen aus und stell' mich dann unter die Dusche.«

»Okay, mach's gut! Bis später dann, Jenny.«

»He, Laura, tut mir Leid wegen dir und Bob.«

»So ist das Leben.« Laura zuckte ihre schmalen Schultern und verließ den Raum.

Jenny fühlte sich immer noch ziemlich schwindelig. Sie stützte die Ellbogen auf die Oberschenkel und barg den Kopf in den Händen. Nach einigen Augenblicken verschwand das Schwindelgefühl und ihrem Kopf ging es besser, dafür hatte sie jetzt den Eindruck, als lägen ihr Wackersteine im Magen. Schließlich stand sie auf und nahm ihren Rucksack vom Haken, um das Handtuch herauszuholen. Als sie hineingriff, fühlte sie ein zusammengefaltetes Blatt. Sie zog es heraus. Es handelte sich um einen gelben Notizblockzettel.

Jenny konnte sich nicht erinnern, ihn in den Rucksack gesteckt zu haben. Anscheinend wollte ihr jemand auf diesem Weg eine Mitteilung zukommen lassen.

Aber nachdem sie das Blatt auseinandergefaltet hatte, wurde ihr wieder ganz schwummrig. Der Rucksack rutschte ihr vom Schoß und Bürste, Spiegel und einige andere Habseligkeiten verteilten sich auf dem Betonboden der Umkleide. Jenny nahm das gar nicht wahr. In ihrem Kopf drehte sich alles, und der Magen tat ihr weh, doch sie las wieder und wieder die Mitteilung auf dem Zettel.

HALLO, SUESSE,
BIST DU GANZ ALLEIN IN DEM GROSSEN ALTEN HAUS?

HAB KEINE ANGST, ICH LEISTE DIR BALD GESELLSCHAFT.

Dabei schienen ihr die großen, sorgfältig geschriebenen Buchstaben auf dem gelben Papier regelrecht ins Gesicht zu springen.

›*Ich leiste dir bald Gesellschaft.*

Hab keine Angst, ich leiste dir bald Gesellschaft.‹

Der anonyme Anrufer und der Verfasser dieser Mitteilung mussten ein und dieselbe Person sein. Aber um wen konnte es sich dabei handeln? Wer war seit gestern Abend an ihrem Rucksack gewesen?

Als Jennys Lippen den Namen des einzigen Menschen formten, der ihr am Abend zuvor nah genug gewesen war, um den Zettel hineinstecken zu können, stand ihr fast das Herz still.

Chuck ...

15.

Samstagabend. Der Bus rumpelte durch die Stadt. Draußen stürmte es ungemütlich. Jenny und ein Arbeiter, der sich auf der Rückbank schlafen gelegt hatte, waren die einzigen Fahrgäste. Offensichtlich beabsichtigte der Fahrer, einen neuen Geschwindigkeitsrekord auf seiner Route quer durch die Stadt aufzustellen. Er hielt weder an Haltestellen noch an roten Ampeln!

Die Stadt wirkte wie ausgestorben. Es schien, als hätten Kälte und Dunkelheit die Welt in den Winterschlaf befördert, obwohl die kalte Jahreszeit gerade erst begonnen hatte.

Durch die beschlagenen Scheiben sah Jenny hinaus auf die menschenleeren Straßen und Bürgersteige. Dabei fühlte sie sich genauso niedergeschlagen wie die Stimmung draußen war.

Viel zu schnell erreichten sie ihre Haltestelle. Einen Augenblick lang war Jenny sogar versucht, sitzen zu bleiben und einfach nur herumzufahren – von einer Seite der Stadt zur anderen, solange der Bus fuhr. Nur der Gedanke an Donny heiterte sie ein wenig auf und ließ sie für einige Sekunden vergessen, dass sie am liebsten gar nicht mehr zu den Hagens gehen wollte. Mittlerweile hatte sie nämlich eine Heidenangst davor.

Als sie aus dem Bus ausgestiegen war, zog sie sofort den Kopf ein, um sich vor den Windböen zu schützen, die von allen Seiten auf sie einzustürmten. Sie zog den Reißverschluss ihrer Jacke bis oben hin zu, während hörte sie den Geräuschen zuhörte, die der Wind verursachte.

Schließlich lief Jenny die Edgetown Lane hinunter. Die Pfützen, die der Regen vom Tag vorher auf den Gehwegen hinterlassen hatte, waren gefroren und bildeten nun eisige Rutschflächen. Jenny glitt denn auch bald aus und wäre fast hingefallen, doch es gelang ihr noch, sich abzufangen. Sie hatte schon einen Häuserblock hinter sich gelassen, als sie plötzlich das Gefühl hatte, verfolgt zu werden. Sie beschleunigte ihre Schritte und versuchte, trotz des heulenden Windes etwas zu hören. Kamen die Geräusche vielleicht von den aneinanderschlagenden Zweigen oder spielte ihr ihre Einbildung mal wieder einen Streich?

Da hörte sie das Eis einer Pfütze brechen. Jemand ging schnellen Schrittes über den überfrorenen Bürgersteig. Nun vernahm sie auch lautes Atmen. Gar ein Stöhnen?

Rasch sah Jenny sich um. Da war ein Schatten, der

sich auf sie zubewegte und schnell näher kam ... Willers, der unheimliche Nachbar!

Jenny rannte los, rutschte aus, konnte sich aber wieder fangen. Ihr Weg führte nur an dunklen Häusern vorbei. Nirgends brannte ein Licht. Die ganze Welt schien von einer einzigen Straßenlaterne beleuchtet zu werden. Jenny sah nur Schatten, die sich hin- und herbewegten und nach ihr zu greifen schienen, während sie rannte.

Lauf, Jenny! Schneller, Jenny! sagte sie sich immer wieder.

Doch sie war nicht schnell genug. Willers holte auf und keuchte bald dicht hinter ihr: »So warte doch!«

Aber sie rannte einfach weiter.

Ein paar Sekunden später – sie kamen ihr wie eine Ewigkeit vor – sprang sie mit einem Satz auf die vordere Veranda der Hagens. Die schummriggelbe Außenbeleuchtung schien ihr nun viel heller zu sein als sonst – irgendwie auch warm und beinah sicher.

Rasch sah sie sich nach Willers um, doch er hatte sich in die Dunkelheit zurückgezogen.

Wo war er hin, und wieso hatte er sie verfolgt? Wollte er ihr noch mehr Angst machen?

Erst jetzt bemerkte Jenny, dass sie am ganzen Körper zitterte. An der Kälte konnte es nicht liegen – nicht nach diesem Spurt. Sie musste unbedingt ins Haus.

Gerade als sie klopfen wollte, ging die Tür auf und Mr. Hagen sagte: »Ach, du bist's, Jenny! Ich wusste doch, dass ich jemanden gehört habe.«

Pfeilschnell sauste sie in die Eingangshalle, dankbar endlich in Sicherheit zu sein.

»Was ist denn los, Jenny?«, fragte Mr. Hagen erstaunt. »Du siehst ja aus, als hättest du ein Gespenst gesehen.«

»Es hat mich von der Bushaltestelle bis hierher verfolgt.«

»Was redest du denn da?«, fragte er, während er ihr aus dem Anorak half.

»Wer hat dich verfolgt?«

»Ihr Nachbar.«

»Nachbar? Was für ein Nachbar?« Mit der Jacke in der Hand sah Mr. Hagen Jenny verwundert an.

»Mr. Willers.«

»Willers? Ich kenne keinen Willers.«

»Er hat gesagt, er wohnt nebenan.«

»Jenny, wir haben keine Nachbarn. Das Haus nebenan steht seit einem halben Jahr leer!«

16.

»Lass uns Verstecken spielen!«

»Nein, Donny, jetzt nicht«, bestimmte Jenny und fuhr ihm zur Begrüßung freundschaftlich durchs Haar.

»Und dieser Mann, dieser Willers, hat wirklich gesagt, er sei ein Nachbar von uns?«, fragte Mr. Hagen, der immer noch im Eingang stand, Jennys Jacke in der Hand hielt und mittlerweile einen hochroten Kopf bekommen hatte.

»Ja, Mr. Hagen, ich bin ziemlich sicher, dass ich den Namen richtig verstanden habe.«

»Vielleicht sollten wir heute Abend zu Hause bleiben«, rief Mr. Hagen seiner Frau zu, die mit überraschtem Gesichtsausdruck am Treppengeländer erschien, damit beschäftigt, einen Ohrring zu befestigen.

»Das geht nicht, Mike! Du weißt doch, dass die Spaldings mit uns rechnen. Elaine spricht nie wieder ein Wort mit mir, wenn wir heute Abend nicht kommen.«

»Aber du weißt doch von den Angriffen auf Babysitter?«, sagte Mr. Hagen mit sorgenvollem Gesicht. »Donny könnte in Gefahr sein. Vielleicht ist dieser Willers …«

»Mike, wir müssen da hin! Ich bin sicher, wenn Jenny gut abschließt und überall Licht brennen lässt …«

»Okay, okay«, antwortete ihr Mann ungeduldig und wandte sich Jenny zu. »Aber wir bleiben nicht lange weg. Wenn du irgendwas hörst, nur das geringste Quietschen oder Knacken, ruf die Polizei an. Die Streife kann in weniger als fünf Minuten hier sein.«

»Das mach' ich«, versprach Jenny, wild entschlossen, beim ersten verdächtigen Geräusch die Polizei anzurufen. Dann tastete sie in ihrer Hosentasche nach dem Stück Küchenrolle mit Leutnant Ferris' Telefonnummer.

»Was ist jetzt mit dem Versteckspielen?«, drängelte Donny und zog Jenny ins Wohnzimmer. »Du hast es versprochen!«

»Das habe ich nicht!«, erklärte Jenny lachend. »Ich hab gar nichts versprochen.«

»Heute Abend wird nicht mehr Verstecken gespielt, Donny«, sagte Mr. Hagen ernst. »Macht irgendwas Ruhigeres. Warum seht ihr euch nicht das Video an, das ich für dich ausgeliehen habe?«

»Ja, ja!«, rief der Junge begeistert und zog noch kräftiger an Jennys Arm. »Komm, wir gucken uns das Video an!«

»Was ist das für ein Film?«, fragte Jenny zögernd. Sie war aber doch erleichtert, nun nicht durchs ganze Haus laufen und nach Donny suchen zu müssen. »Was hat dein Vater ausgeliehen?«

»*Poltergeist*«, sagte Donny. »Hast du den Film schon mal gesehen? Der ist echt cool. Da wird ein Mädchen in den Fernseher gezogen und kann nicht mehr raus.«

»Na, großartig!« Jenny verdrehte die Augen und dachte: *Das hat mir heute Abend gerade noch gefehlt!*

Donny setzte sich auf den Boden vor den Fernsehapparat, und Jenny legte den Film ein.

Nachdem Mr. Hagen noch dreimal betont hatte, beim kleinsten Geräusch die Polizei anzurufen, verließen Donnys Eltern endlich das Haus.

Im Nachhinein tat es Jenny richtig Leid, ihm von Willers erzählt zu haben, und sie dachte: *Armer Mr. Hagen! Eigentlich bin ich diejenige, die Angst haben sollte, aber er sah echt so aus, als schöbe er Panik.*

Der Film schien nur aus sinnlos aneindergereihten, lauten Folgen zu bestehen, und Jenny konnte sich überhaupt nicht darauf konzentrieren. Glücklicherweise war Donny eingeschlafen, noch bevor die Hälfte des Films vorbei war, sodass Jenny ihren Schützling nach oben tragen konnte. Als sie wieder herunterkam, war es noch nicht einmal halb zehn.

Und was nun? überlegte sie, als sie sich wieder in den weißen Ledersessel im Fernsehzimmer fallen ließ. War es tatsächlich erst vorgestern gewesen, dass sie hier mit Chuck zusammen gesessen und sie sich geküsst hatten?

Ihr Blick blieb an dem schwarzen Telefon auf dem Tischchen gegenüber der Wand hängen. Würde es heute Abend wieder klingeln? Würde Chuck seine Drohungen erneuern? Wollte er sie heute Abend womöglich in die Tat umsetzen? Oder wäre Willers schneller?

Jenny fröstelte innerlich. *Ich muss irgendwie versuchen, diesen Willers, Chuck und die Anrufe zu vergessen,* beschloss sie, als gleich darauf Schritte zu hören waren.

Da rannte jemand ganz schnell durch den Flur.

Donny?

Nein, dafür klangen die Schritte zu schwerfällig.

Aber wer konnte es sonst sein?

Willers?

Chuck?

Jenny sprang auf und holte das Stück Küchenrolle aus der Hosentasche. Hatte sie noch Zeit genug anzurufen?

Nein, die Schritte kamen unablässig näher. Jetzt knarrten schon die Dielen im Wohnzimmer, und gleich darauf fiel ein Schatten auf Jenny.

»WAS MACHEN SIE DENN HIER?«, rief sie erstaunt, als sie erkannte, wer da ins Fernsehzimmer kam.

»Hallo, Jenny«, keuchte Mr. Hagen und sah sehr besorgt aus. »Ist alles in Ordnung?«

»Ja, Sie haben mich nur furchtbar erschreckt. Ich dachte ...«

»Ich bin schnell noch einmal zurückgekommen. Ich hatte da so eine Ahnung, dass irgendetwas nicht in Ordnung sein könnte.« Sein Hemd war ihm aus der Hose gerutscht und auch sonst sah er völlig aufgelöst aus.

»Donny geht es gut. Er ist ganz früh ins Bett gegangen«, erklärte Jenny, die sich immer noch nicht von Mr. Hagens überraschendem Auftauchen erholt hatte.

»Bist du sicher, dass mit ihm alles in Ordnung ist? Hat er kein Fieber oder sonst irgendwas?«, fragte Mr. Hagen und war schon auf dem Weg zur Treppe.

»Nein, es geht ihm gut. Ehrlich«, rief sie ihm nach. Dann folgte sie ihm nach oben.

»Ich hatte nur so eine Ahnung, weißt du? So ein furchtbares Gefühl, dass irgendwas total schief gelaufen ist«, erklärte er, während er mühsam die Treppe hinaufstieg.

Jenny blieb stehen und sah ihm nach, bis er im dunklen Flur des ersten Stocks verschwunden war. Sie ließ sich auf die Treppenstufe fallen, barg das Gesicht in den Händen und versuchte, sich zu sammeln.

Wie oft wollte Mr. Hagen sie wohl noch so erschrecken? Würde er ihr überhaupt jemals vertrauen?

Würde es ihm je gelingen, sich zu entspannen? Er hatte solche Angst um Donny gehabt, dass er sich bei ihr nicht einmal entschuldigt hatte, ihr einen solchen Schrecken eingejagt zu haben.

Und wovor hatte er eigentlich solche Angst? Was hatte er hier bloß vorzufinden gehofft?

Jenny erhob sich schließlich wieder, lehnte sich gegen das Treppengeländer und wartete gähnend auf Donnys Vater. Angst schien sie immer irgendwie müde zu machen.

»JENNY! JENNY!« ließ sie da Mr. Hagens lautes, aufgeregtes Rufen zusammenfahren.

»Ja?«

Vom oberen Treppenabsatz aus starrte er zu ihr hinunter – seine normalerweise kleinen Augen schreckgeweitet, sein Gesicht angstverzerrt. »Donny ist nicht in seinem Zimmer!«, schrie er. »ER IST WEG!«

17.

»Wo kann er nur sein? Wo ist mein Sohn?«, hörte Jenny Mr. Hagen weiterschreien. Ansonsten verstand sie kein Wort, von dem, was er noch alles sagte. *Das passiert mir nicht wirklich*, dachte sie immer wieder.

»Donny, wo bist du?«, rief sein Vater so laut er konnte. »WO BIST DU?«

Plötzlich sah Jenny kleine Blitze vor sich, als fotografierte da jemand unablässig mit eingeschaltetem Blitzlichtgerät. Sie blinzelte, um dadurch die Lichtreflexe verschwinden zu lassen und um wieder klar sehen zu können.

»Donny! Donny, wo bist du?«, schrie Mr. Hagen noch immer, Jenny sah weiterhin Sternchen. Sie musste unbedingt wieder einen klaren Kopf bekommen, sich in die Realität zurückzwingen und Mr. Hagen zuhören. Vielleicht gelang es ihr dann, diesem Albtraum zu entfliehen.

Inzwischen war sie die Treppe ganz hinaufgestiegen, und sie rannte nun zu Donnys Zimmer. Wenn sie bloß diese Sternchen nicht mehr sehen würde, endlich aus diesem Albtraum aufwachte, wenn bloß Mr. Hagen endlich aufhörte zu schreien, vielleicht würde sie dann auch wieder klar denken und sich überlegen können, was los war. Sie musste sich ihrer Verantwortung stellen.

»Das darf einfach nicht wahr sein!«, schrie Mr. Hagen, als sie ins Zimmer kam.

Verwundert sah Jenny ihn an.

»Nicht schon wieder!«

Was meinte er bloß damit? Sie sah seinen panischen Blick, sein vor Angst und Schrecken hochrotes Gesicht und sie versuchte, sich einen Reim auf seine Worte zu machen.

»Wo ist er? Wo ist Donny?« Wie ein Verrückter lief er in dem kleinen Kinderzimmer auf und ab, wobei er stärker zu hinken schien als sonst. Sein Gesicht war mittlerweile so rot, dass Jenny befürchtete, er könnte jeden Augenblick ohnmächtig werden. Dabei wiederholte er ständig seine Frage nach Donny, war allerdings längst nicht mehr in der Lage zu schreien, sondern flüsterte nur noch heiser.

»Donny, wo bist du?«, rief nun auch Jenny.

»Hier bin ich«, hörten sie da sein Stimmchen. Gleich darauf kam er unter dem Bett hervorgekrabbelt, stand auf und strich sich den Schlafanzug glatt, als sei nichts gewesen. »Reingelegt!«, sagte er dann zu Jenny und fing an zu lachen. Dabei trommelte er mit seinen kleinen Fäusten übermütig auf die zerwühlten Bettlaken.

Jenny und Mr. Hagen waren so überwältigt, Donny heil und unversehrt wieder zu sehen, dass sie sich nicht zu rühren oder etwas zu sagen wagten, aus Angst, Donny würde dann gleich wieder verschwinden – obwohl er sich nach wie vor diebisch und durchaus real über seinen gelungenen Streich freute.

Aber schließlich ließ Mr. Hagen einen Brüller los wie von einem wilden, entfesselten Tier, stürzte sich auf seinen Sohn, hob ihn hoch und drückte ihn ganz fest an sich. »Es geht dir gut. Es geht dir gut. Es geht dir gut!«, schrie er immer wieder und drückte den überraschten Jungen ganz fest an sich.

»Ich hab' mich doch nur versteckt«, sagte Donny, dem mittlerweile wohl aufgegangen war, dass er seinem Vater eine Erklärung schuldete. »Jenny wollte nicht mitmachen, da habe ich allein Verstecken gespielt.«

»Was um Gottes willen ist denn hier oben los?«, rief da Mrs. Hagen, die mit wehenden Mantelschößen ins Zimmer gerauscht kam. »Was soll das Geschrei?«

Sie starrte ihren rotgesichtigen Mann an, der Donny immer noch so fest an sich gedrückt hielt, dass der Junge kaum Luft bekam, und der ihm dabei beständig ins Ohr raunte: »Gott sei Dank, geht es dir gut. Gott sei Dank, geht es dir gut.«

»Halt den Jungen nicht so fest, Mike. Du tust ihm noch weh!«

»Donny hat uns einen kleinen Schrecken eingejagt«, erklärte Jenny schließlich, nachdem sie ihre Stimme wiedergefunden hatte und sich ihr Herzschlag allmählich wieder zu normalisieren begann.

»Was für einen Schrecken?«, wollte Mrs. Hagen wissen, ging auf ihren Mann zu und nahm ihm Donny aus dem Arm.

»Ich hab' nur Verstecken gespielt, Mama«, sagte Donny und fügte ganz stolz hinzu: »Ich hab' sie beide hinters Licht geführt. Jenny, und Dad auch!«

»Du gehst jetzt wieder ins Bett, Donny!«, sagte seine Mutter streng und wandte sich dann ärgerlich ihrem Ehemann zu. »Was machst du überhaupt hier? Warum bist du einfach so auf und davon? Ich dachte, du seist unten mit Jack und Ernie beim Billardspielen. Ich hab' nicht einmal mitgekriegt, dass du weggegangen bist.«

»Ich hatte so eine Ahnung, dass mit Donny was nicht in Ordnung sein könnte. Ich musste einfach nach Hause, um Gewissheit zu haben. Dann ...«

»Du solltest dich mal sehen, Mike!«, unterbrach ihn da seine Frau schon ein wenig ruhiger, nachdem sie festgestellt hatte, dass ihr Mann total fertig war. »Du bist ein einziges Nervenbündel. Du musst dringend aufhören, dir diese unnützen Sorgen zu machen. Das meine ich ernst. Es gab überhaupt keinen Grund, völlig aufgelöst nach Hause zu rennen. Ich mache mir mittlerweile wirklich Sorgen um dich, Mike.«

»Bitte, lass uns nicht vor dem Mädchen streiten, Mary!«, bat Mr. Hagen mit einem Blick auf Jenny.

»Ich ..., ich geh dann mal nach unten«, erklärte das Mädchen rasch. »Nun, da wir wissen, dass es Donny gut geht ...«

»Nein, wir können auch gleich deine Jacke holen«, sagte Mr. Hagen. »Ich fahre dich nach Hause.«

»Das wirst du nicht!« Mrs. Hagen hielt ihn am Arm fest. »Du nimmst jetzt ein paar Tabletten, damit du dich wieder beruhigst, Mike. Mir wäre lieber, wenn du hier bleibst und wieder zu dir kommst. Ich kann Jenny doch nach Hause fahren.«

»Es geht schon wieder, Mary. Ehrlich.«

»Darf ich mitkommen?« unterbrach da Donny seine Eltern.

»Nein, auf keinen Fall«, antwortete Mrs. Hagen streng. »Ich rate dir, so schnell wie möglich einzuschlafen, Donny, sonst ist was los!« Dann scheuchte sie Jenny und ihren Mann aus dem Zimmer. »Raus jetzt mit euch!«

Mr. Hagen holte Jennys Jacke aus dem Wandschrank im Elternschlafzimmer und nahm seiner Frau dann trotz ihrer Proteste die Autoschlüssel aus der Hand. Er schob Jenny die Treppe hinunter und zur Tür hinaus.

Unterwegs sprachen beide kein Wort. Normalerweise wäre Jenny das sehr unangenehm gewesen, aber an diesem Abend war sie richtig dankbar dafür.

Als Mr. Hagen bei ihr zu Hause in die Auffahrt eingebogen war, wandte er sich ihr mit einem etwas schuldbewussten Lächeln zu.. »Ich glaube, ich muss mich bei dir entschuldigen.«

»Nein, das ist nicht nötig.«

»Doch«, beharrte er, sprach dann aber nicht weiter.

Seine Augen glänzten ganz feucht. Weinte er etwa?

»Doch, ich sollte mich wirklich entschuldigen«, wiederholte er mit halb erstickter Stimme.

»Donny hat uns beiden einen Riesenschrecken eingejagt«, sagte Jenny. Sie stieg aus und beugte sich noch einmal in den Wagen, da sie dachte, Mr. Hagen wollte ihr noch etwas sagen. Aber als nichts kam, schloss sie die Tür und eilte ins Haus.

»Du kommst aber früh!« Ihre Mutter saß im Bademantel und mit bloßen Füßen auf der Couch und las einen ihrer Mystery-Romane.

»Ich weiß. Die Hagens sind früher zurückgekommen als erwartet.« Jenny gähnte. »Aber das ist mir auch recht. Ich bin wirklich hundemüde. Gute Nacht, Mama«, fügte Jenny schnell noch hinzu und dachte, dass es ohnehin besser wäre, ihre Mutter nicht mit dem zu behelligen, was bei den Hagens vor sich ging.

»Nacht, mein Schatz«, murmelte ihre Mutter, ohne von ihrem Schmöker aufzusehen.

Während Jenny die schmale Treppe zu ihrem Zimmer hinaufstieg, wünschte sie, auch einmal einen so ruhigen Samstagabend verbringen zu können wie ihre Mutter – gemütlich zu Hause und mit einem guten Buch.

In ihrem Zimmer warf sie die Jacke auf den Schreibtischstuhl und dachte: *Nur noch ein paar Wochen, ich arbeite nur noch ein paar Wochen, und dann habe ich mehr als genug Geld für Weihnachten. Wenn es so weit ist, sag' ich den Hagens einfach, dass ich aufhören muss, weil ich mit meinen Schularbeiten nicht mehr nachkomme. Vielleicht werde ich hin und wieder noch bei ihnen babysitten. Aber zweimal die Woche mache ich das sicher nicht mehr mit. Keine Angst einflößenden Nachbarn mehr, keine Drohbriefe, keine anonymen Anrufe.*

Genau in diesem Augenblick klingelte das Telefon auf dem Schreibtisch und Jenny stieß einen spitzen Schrei aus. Sie sprang auf.

Wer rief sie bloß so spät noch an?

Laura? Nein, nicht an einem Samstagabend. Die traf sich garantiert mit Bob Tanners Nachfolger – wer immer das auch sein mochte.

Es klingelte ein zweites Mal.

Hatte der anonyme Anrufer womöglich auch ihre Nummer von zu Hause?

Es klingelte ein drittes Mal.

»Jenny, gehst du denn nicht ran?«, rief da ihre Mutter von unten, und Jenny nahm ab. »Hallo?«

»Hallo!«

»Chuck?«

»Jaha!«

Einen Augenblick war Jenny erleichtert, aber schnell gewann ihr Misstrauen bezüglich Chuck die Oberhand und bescherte ihr wieder ein unangenehmes Gefühl. »Oh, hallo, was für eine Überraschung! Ich meine ...«

»Ich muss mit dir reden.«

»So?«

»Jenny, warum gehst du mir aus dem Weg?«

»Das tue ich gar ...«

»Doch, gestern in der Schule hast du zweimal kehrtgemacht, als du mich im Gang kommen sahst, und einmal davon garantiert absichtlich.«

»Ich war einfach so beschäftigt, Chuck, und wirklich ...«

»Ist es wegen Donnerstagabend? Hast du meinetwegen Probleme gekriegt? Haben die Hagens mein Auto gesehen? Das täte mir wirklich Leid, Jenny.«

»Nein, Mr. Hagen hat zwar dein Auto bemerkt, aber nicht, dass du im Haus warst.«

»Wo liegt dann das Problem? Ich hatte irgendwie das Gefühl, dass du mich auch magst. Ich hab' dich jedenfalls unheimlich gern. Du weißt, dass es mir schwer fällt, anzurufen und so was zu sagen. Deshalb wäre ich dir echt dankbar, wenn du ehrlich mit mir bist. Ist es immer noch wegen meines Anrufs bei den Hagens? Als ich dir solche Angst gemacht habe?«

Als Jenny nicht antwortete, fuhr er fort: »Aber ich hab' mich doch schon dafür entschuldigt, und es tut mir auch wirklich wahnsinnig Leid. Ich bitte dich tausend Mal um Vergebung – auf Knien, wenn du willst.«

Er klang so süß und aufrichtig. Er machte bestimmt keine Witze, sondern war richtig besorgt, dass sie etwas gegen ihn haben könnte. Und wieder einmal fühlte sich Jenny schuldig, ihn vielleicht zu Unrecht verdächtigt zu haben.

»Ich bin dir nicht aus dem Weg gegangen«, sagte sie schließlich. »Ich war einfach so in Gedanken, Chuck. Ich habe eine Art Drohbrief bekommen, er lag in meinem

Rucksack. Irgendjemand, der mir ziemlich nah gekommen ist, muss ihn da reingesteckt haben.«

»Hast du etwa gedacht, ich wär' das gewesen?«, fragte Chuck betroffen.

»Ich wusste überhaupt nicht, was ich davon halten sollte. Ich bin immer noch total verwirrt.«

»Kann ich nicht zu dir kommen, dann können wir uns in Ruhe unterhalten.«

»Nein, es ist schon zu spät. Außerdem bin ich total erledigt. Donny hat uns heute Abend übel mitgespielt. Mr. Hagen und ich haben richtig Panik geschoben.«

»Wie wär's dann mit Donnerstagabend?«, fragte Chuck schnell, vielleicht ein bisschen zu schnell. »Wir könnten zusammen lernen. Bitte, bitte, Jenny. Ich geh auch rechtzeitig wieder weg.«

»Nun ja ...« Jenny wusste nicht, was sie dazu sagen sollte. Sie wollte Chuck so gern vertrauen und mit ihm zusammen sein. Aber sie konnte ihren Verdacht gegen ihn einfach nicht ganz abschütteln.

»In Ordnung«, stimmte sie schließlich zu, »aber ich geb' noch Laura Bescheid. Vielleicht möchte sie auch kommen, dann können wir zu dritt lernen«, und dachte dabei: *Sicherheit geht vor.*

»Wie du willst.« Chuck hörte sich sehr geknickt an, versuchte dann aber, seine Enttäuschung mit einem Scherz zu überspielen: »Glaubst du wirklich, dass wir eine Anstandsdame brauchen?«

Jenny rang sich ein Lächeln ab, auch wenn Chuck es nicht sehen konnte. »Laura ist meine Freundin und ich möchte auch mit ihr ein bisschen Zeit verbringen.«

»Na gut. Schön. Dann leg' ich jetzt mal auf. Gute Nacht, Jenny.«

»Nacht, Chuck.«

»Donnerstagabend wird's was geben«, sagte er noch und legte auf.

Was hatte er bloß damit gemeint?

Hatte seine Stimme wirklich merkwürdig geklungen, als er das gesagt hatte? Oder bildete sie sich das nur ein?

18.

»Sieh mich nicht so schelmisch an, Donny!«, schimpfte Jenny. »Weg mit diesem Gesichtsausdruck!«

Donny fuhr sich mit der Hand übers Gesicht, als wollte er den Ausdruck darauf im wahrsten Sinne des Wortes wegwischen. Danach verzog er die Miene allerdings zu einem dämlichen Grinsen.

»Das will ich auch nicht sehen«, sagte Jenny, die Mühe hatte, ernst zu bleiben. »Heute wird kein Verstecken gespielt, verstanden?«

»Kann schon sein«, entgegnete er schelmisch und kletterte ins Bett.

Jenny deckte ihn zu und strich ihm mit der Hand durchs seidenweiche Haar. »Und dass du mir sofort einschläfst!«

»Kommt der Junge heute wieder?«, fragte Donny gähnend.

»Das geht dich überhaupt nichts an!«, erklärte Jenny betont locker und verließ das Zimmer. Aber irgendwie fühlte sie sich plötzlich schuldig und überlegte, ob Donny seinen Eltern wohl von Chucks Besuch erzählt hatte?

Ist mir egal, dachte sie beim Hinuntergehen. *Ich will hier nicht allein sein. Ich bin froh, dass Chuck und Laura kommen.*

Wenige Minuten später klopfte es an der Tür. Jenny

wollte sie schon aufreißen, als ihr einfiel, dass es vielleicht besser war, vorher zu fragen, wer draußen stand. »Wer ist da?«

»Die drei Musketiere«, antwortete Chuck.

Drei?

Erstaunt öffnete Jenny die Tür, und vor ihr standen Chuck, Laura – und Eugene. »Hallo Eugene«, sagte Jenny, unfähig ihre Überraschung zu verbergen.

»Wie geht's?«, fragte er und kam mit den anderen herein. »Mensch, das ist vielleicht ein Kasten!«

»Hat so was von 'nem Museum«, meinte Laura und zog sich die Jacke aus.

Jenny warf ihrer Freundin einen Blick zu, der eindeutig nach Eugenes Anwesenheit fragte.

Aber Laura zuckte nur mit den Schultern und formte die Worte: ›Warum nicht?‹

Sie gingen ins Wohnzimmer und Chuck nahm lachend eine Skulptur vom Kaminsims, die irgendein nicht erkennbares Tier darstellte. »Ist das hier 'ne Geisterbahn, oder was? So wie's hier aussieht, würde es mich nicht wundern, wenn unten im Keller Vampire in ihren Särgen schliefen.«

»Hör auf damit, Chuck! Ich dachte, du wolltest mich aufheitern.«

»Oh, tut mir Leid.« Chuck tat so, als stieße er sich zur Strafe ein Messer in die Brust und ließ sich rückwärts auf das Sofa vorm Kamin fallen.

»Hat denn keiner von euch Schulbücher mitgebracht?«, fragte Jenny. »Wir wollten doch lernen.«

Eugene schlug sich die Hand vor den Kopf. »Ich wusste doch, dass da noch was war!«

»Ist das da das Fernsehzimmer?«, fragte Laura nun und fügte grinsend hinzu: »Eugene und ich müssen uns nämlich unterhalten.«

»Unterhalten, mh?«, sagte Jenny spöttisch. Laura

nutzte die Gelegenheit also nur, um in Ruhe mit Eugene zu knutschen. »Ja, das ist das Fernsehzimmer.«

»Ihr müsst aber alle in 'ner Stunde wieder gehen«, warnte Jenny. »Wenn Mr. Hagen früher nach Hause kommt und euch hier findet, bin ich meinen Job los – für immer!«

»Mach dir mal keine Sorgen!«, sagte Chuck und nahm Jennys Hand. »Ich kümmere mich schon darum, dass wir alle rechtzeitig wieder weg sind.« Dann zog er Jenny zu sich auf die Couch, während Laura und Eugene im Fernsehraum verschwanden.

»Schön, dich gesehen zu haben, Laura«, rief Jenny ihnen noch nach, und Laura kicherte.

»Was die wohl zu bereden haben?«, fragte Chuck feixend mit Blick auf die verschlossene Tür. Dann wurde er plötzlich ernst. »Warum wolltest du, dass ich die beiden mitbringe?«

»Ich wusste nicht, dass Eugene auch kommt. Und ich hab dir doch schon gesagt, dass ich dachte, es würde zu dritt mehr Spaß machen ...«

»Ich hatte so das Gefühl, du wolltest nicht mit mir allein sein.«

»Nein, ich ...« Jenny wurde bewusst, dass sie Chuck unterschätzt hatte, sowohl was seine Kombinationsgabe als auch sein Einfühlungsvermögen anging. »Nein, ich ...«

»Ich möchte wirklich, dass du mir vertraust, Jenny.« Immer noch hielt er ihre Hand und drückte sie nun zärtlich.

Ich würde dir auch gern vertrauen können, Chuck, dachte Jenny. *Eigentlich ist es das, was ich mir am meisten wünsche – aber ich weiß nicht, ob ich es wirklich kann.*

Zuerst küsste er sie ganz zärtlich und dann ein wenig fordernder, wobei er Jenny noch näher an sich zog.

Er kann unmöglich derjenige sein, der mich bedroht,

dachte Jenny, während sie Chucks Küsse erwiderte und bemüht war, sich in ihnen zu verlieren und nur noch an Chuck zu denken.

Der anonyme Anrufer musste einfach Willers sein. Aber was war mit der Mitteilung in ihrem Rucksack? Willers hatte sie nicht hineintun können.

Chuck nahm sie nun richtig in die Arme und küsste sie noch einmal, aber Jenny konnte einfach nicht aufhören, sich Gedanken zu machen. Immer noch hatte sie Zweifel, was Chuck anging, immer noch überlegte sie, ob …

Da steckte Eugene den Kopf durch die Tür und sagte: »He, Chuck, du hast das Licht am Auto brennen lassen.«

»Was?«

»Ich hab's vom Fenster aus gesehen. Die Scheinwerfer sind noch an.«

»Danke, Eugene.« Chuck machte sich von Jenny los und stand auf. »Tut mir Leid, Jen, ich bin gleich wieder da.« Als er schon auf dem Weg zur Tür war, sagte er noch: »Und halt mir meinen Platz warm!«

Warum habe ich sie bloß herkommen lassen?, überlegte Jenny, während sie zusah, wie Chuck durch den Vordereingang das Haus verließ. *Will ich etwa meinen Job verlieren? Will ich, dass Mr. Hagen mich feuert, damit ich keine Angst mehr zu haben brauche?*

Dann hörte sie ein Geräusch.

Schritte? Eine sich öffnende Tür?

Es kam aus der Küche.

War die Küchentür nicht abgeschlossen? Jenny hatte noch gar nicht nachgesehen. War womöglich Mr. Hagen wieder früher nach Hause gekommen, oder suchte sie da jemand anderer heim?

›Ich leiste dir gleich Gesellschaft.‹

Etwa heute Nacht? War da jemand ins Haus eingedrungen?

Jenny lauschte angestrengt. Wieder ein Geräusch. Diesmal klang es etwas anders.

Sie sprang auf und lief in den rückwärtigen Flur, an der Waschküche und der kleinen Speisekammer vorbei. Dann wurden ihre Schritte langsamer, je näher sie der Küchentür kam.

»Wer ist da?«, rief sie.

Nichts.

»Hallo? Ist da jemand?«, rief sie noch einmal und dachte: *Chuck, bitte, beeil dich! Was hält dich nur so lange auf?*

In der Küche war es ganz ruhig, abgesehen vom Brummen des Kühlschranks und vom tropfenden Wasserhahn. Versteckte sich da jemand in dem stillen Raum? Wartete da jemand auf sie?

Jenny tastete sich nun ein wenig näher an die Küche heran, dabei war ihr klar, dass sie sich wie ein kleines verängstigtes Kind benahm. Andererseits war ihr durchaus bewusst, dass ihre Furcht berechtigt war. Die anonymen Anrufe hatte sie sich nicht eingebildet. Auch die Drohungen hatten stattgefunden. Sie hatte es sogar schriftlich! Auch dass Willers sich in der Garage herumgetrieben hatte und ihr von der Bushaltestelle aus gefolgt war, entsprach der Wahrheit.

Sie hatte allen Grund, Angst zu haben, vorsichtig zu sein und zu zögern, die Küche zu betreten. Hier spielte ihr ihre Fantasie keinen Streich.

Plötzlich erinnerte sie sich wieder an ein Erlebnis aus ihrer Kindheit, als sie ein kleines Mädchen von sieben oder acht Jahren gewesen war. Ihre Eltern hatten sich gerade scheiden lassen, und sie musste sich erst daran gewöhnen, nur noch mit ihrer Mutter zu leben. Mit der plötzlichen Leere in ihrem Leben, die durch den Weggang des Vaters verursacht worden war, kam sie nur schwer zurecht.

Die kleine Jenny stand damals ebenfalls im Flur vor der Küche. Es war noch in dem alten Haus gewesen, das sie mit ihren Eltern bewohnt hatte, bevor ihre Mutter ein neues Zuhause gefunden hatte, in dem sie jetzt noch lebten. Jenny konnte sich an jenen Augenblick im Flur erinnern, als sei es gestern gewesen.

Sie hatte einen Blutfleck auf dem Boden entdeckt, direkt vor der Küche. Die Tür war zu. Jenny hörte nur, wie etwas Festes geschnitten wurde, und das dadurch verursachte Geräusch klang so schrecklich, so etwas hatte sie noch nie gehört. Wie gebannt hatte sie auf den hellroten Blutfleck gestarrt, der sich deutlich vom dunklen Linoleum abhob. Dabei lauschte sie dem Schnipp, Schnipp, Schnipp, das aus der Küche kam und sich so bedrohlich anhörte.

Auch jetzt noch wusste Jenny, was sie damals für eine Angst ausgestanden hatte. Sie hatte sich den Kopf zermartert, was da wohl in der Küche zerhackt wurde, und warum das Blut auf dem Boden war. Wo war ihre Mutter? Was war mit ihr geschehen? Angetrieben von ihrer Angst, war sie schließlich in die Küche gestürmt, bereit, laut zu schreien, ihre Furcht herauszulassen. Ihre Mutter stand am Spülbecken und schnitt mit einem großen Messer Karotten in Stücke.

Schnipp, schnipp, schnipp.

An einem Daumen klebte ein Pflaster.

»Mama, das Blut!«, hatte Jenny geschrien. Sie musste einfach schreien, sie musste ihre Angst rauslassen. Obwohl sie ja sah, dass alles in Ordnung war, musste sie trotzdem die aufgestaute Angst herausschreien.

»Ich hab' mich geschnitten«, erklärte ihre Mutter und hielt Jenny für einen Moment den Daumen hin, bevor sie sich wieder dem Karottenberg widmete. Schnipp, schnipp, schnipp.

Pling, pling, pling.

Ins Spülbecken der Hagens tropfte Wasser.

Langsam verblasste Jennys Erinnerung an jene Begebenheit von damals. Doch mit derselben Angst, die sie als kleines Mädchen empfunden hatte, stürzte sie auch jetzt in die Küche.

Doch da war niemand, nur die Katze. Auf der Anrichte hatte sie einen Zuckertopf umgeworfen und schleckte sich nun begierig in einen Kohlehydratrausch.

Das erklärte das Geräusch, das Jenny gehört hatte. Sie rannte zur rückwärtigen Küchentür. Verschlossen. Dann lehnte sie sich gegen die Anrichte, um wieder zu Atem zu kommen. »Da hast du mich wieder einmal ganz schön reingelegt, Kätzchen.«

»Böse Katze!« Aber das Tier beachtete sie gar nicht, sondern schleckte weiter den Zucker von der Anrichte.

Erleichtert ging Jenny ins Wohnzimmer zurück. Chuck saß schon wieder auf dem Sofa und wartete auf sie. »Wo bist du gewesen?«

»Oh, ich musste was in der Küche überprüfen«, antwortete Jenny ausweichend.

»Komm her zu mir und wärm mich auf! Da draußen ist es saukalt.« Mit diesen Worten klopfte er auf den Platz neben sich.

Jenny war froh über Chucks Gesellschaft. Auch die Zweifel, die sie seinetwegen hegte, klangen ab. Er mochte sie wirklich und sorgte sich um sie. Es war dumm von ihr gewesen, ihn zu verdächtigen. Erleichtert ließ sie sich neben ihn aufs Sofa fallen und Chuck zog sie an sich. Jetzt fühlte sie sich richtig sicher und geborgen – einfach gut. Die Minuten und Stunden schienen nur so dahinzufliegen. Jenny verlor jegliches Zeitgefühl, jeglichen Bezug zur Realität. Sie lag immer noch in Chucks Armen und küsste ihn, als sie zufällig aufblickte und Mr. Hagen hinter dem Sofa stehen sah, der wütend auf Chuck und sie herunterstarrte.

19.

Völlig regungslos stand er da, die Arme seitlich an den Körper gepresst, die Hände zu Fäusten geballt und sah sie mit diesem eiskalten Gesichtsausdruck an. Dabei bewegten sich weder seine Augen noch die Lider, sodass Jenny der Verdacht kam, er sei nicht echt, sondern eine Statue oder Schaufensterpuppe, die nur aussah wie er.

Aber als er sie gleich darauf wütend anbrüllte, wurde ihr nur allzu bewusst, wie lebendig er war. Und dass er sie ertappt hatte.

Er kam ums Sofa herum, als wollte er Jenny und Chuck beim Schlawittchen packen. Sein Gesicht war vor Wut dunkelrot angelaufen. In diesem Moment stürmte auch schon seine Frau ins Zimmer, der vor Staunen der Mund offen stand, als sie Chuck entdeckte. »Jenny, sag' wer …?«

Mr. Hagen hielt inne und atmete schwer.

»He, was ist denn hier los?«, rief Eugene, der von dem Tumult aufgeschreckt mit Laura aus dem Fernsehzimmer kam.

»Oje!«, sagte Laura mit lippenstiftverschmiertem Mund. Sie hatte sofort begriffen, was los war.

Mrs. Hagen ging zu ihrem Mann und legte ihm eine Hand auf die Schulter. »Schon gut, Liebling. Alles in Ordnung«, sagte sie leise. »Jennys Freunde gehen jetzt, und dann unterhalten wir uns in Ruhe mit ihr.« Sie ließ ihre Hand so lange auf der Schulter ihres Mannes liegen, bis er sich ein wenig beruhigt hatte und einen Schritt zurückwich. Dabei funkelte er Jenny aber immer noch wütend an.

»Es tut mir Leid. Es tut mir wirklich Leid«, sagte Jenny und stand auf. »Meine Freunde sind nur vorbeigekommen, um mir Gesellschaft zu leisten.«

»Wir wollten sowieso gerade gehen«, fiel Chuck ihr ins Wort und bedeutete Laura und Eugene, die Fliege zu machen. Er hatte offensichtlich richtig Angst vor Mr. Hagen. Das hatten alle. Er sah auch tatsächlich Furcht einflößend aus und schien sich nur mit Mühe beherrschen zu können, sie nicht anzugreifen.

»Ich könnte Jenny doch mitnehmen«, schlug Chuck Mrs. Hagen vor.

»Ja!« Jenny war sofort einverstanden. »Dann braucht mich Ihr Mann nicht extra nach Hause zu fahren.«

»Nein, ihr drei geht vor«, entschied Mrs. Hagen, deren Hand immer noch auf der breiten Schulter ihres Mannes ruhte. »Ich glaube, wir möchten uns erst noch einmal ein bisschen mit Jenny unterhalten.«

»Es tut mir wirklich Leid, Jenny«, raunte Chuck ihr zu. »Ich warte bei dir zu Hause vorm Haus, okay?«

Jenny nickte, wandte aber den Blick nicht von Mr. Hagen, der seinen Schock und seine Wut allmählich zu überwinden schien.

»Lass uns nach Donny sehen, Mike!«, schlug seine Frau ihm dann beinah fröhlich vor. »Es ist doch nichts Schlimmes passiert.«

Er nickte. »Ich denke, du hast Recht.« Der erste zusammenhängende Satz von ihm. Dann ließ er sich von seiner Frau die Treppe hinaufführen.

Sie weiß, wie sie ihn beruhigen kann, dachte Jenny. *Das musste sie wahrscheinlich schon öfter tun. Bestimmt schmeißen sie mich jetzt raus, aber das ist auch okay. Ich wollte diesen Babysitter-Job sowieso nicht mehr machen.*

Ihre drei Freunde warfen ihr noch bedauernde, entschuldigende Blicke zu und eilten dann zur Tür. Jenny blieb allein im Wohnzimmer zurück und sagte sich, dass das Ganze vor allem peinlich war, sonst nichts. Schließlich war kein Verbrechen geschehen.

Sie beschloss ihre Jacke oben aus dem Schrank zu

holen, damit Mr. Hagen sie sofort nach Hause fahren konnte, wenn er wieder herunterkam. Also ging sie ins obere Stockwerk und betrat das große Schlafzimmer der Hagens. Es wurde von einer einzigen Lampe beleuchtet, die auf einem Nachttisch neben dem Himmelbett stand. Der Wandschrank befand sich dem Bett gegenüber.

Mr. Hagen wird mir gleich eine ellenlange Strafpredigt halten, dachte Jenny. *Aber dann bin ich hier für immer draußen.* Sie würde Donny vermissen. *Wahnsinn, sein Vater hatte unglaublich wütend ausgesehen. Er musste wirklich was unternehmen, um sich besser in die Gewalt zu bekommen!*

Das Mädchen schob die Tür des Wandschranks auf und suchte nach ihrer Daunenjacke. Alles roch stark nach Mrs. Hagens blumigem Parfüm. Auf den Bügeln konnte sie ihre Jacke nicht entdecken, sondern auf einem Ablagebrett über der Kleiderstange.

Sie stellte sich auf die Zehenspitzen, um sie herunterzuziehen und dabei riss sie auch einen Schuhkarton mit. Er fiel auf den Boden des Schrankes und sprang auf. Der Deckel landetet auf Jennys Sneakern.

Als sie in die Hocke ging, um die Schachtel aufzuheben, stellte sie überrascht fest, dass diese mit Zeitungsausschnitten gefüllt war. Sie wollte den Karton gerade wieder schließen, als ihr eine Überschrift ins Auge sprang:

ÜBERFALL AUF BABYSITTER IM OSTEN DER STADT: *Babysitter für Unfalltod durch Ertrinken verantwortlich.*

Während Jenny las, lief es ihr eiskalt den Rücken hinunter. Mit zitternden Händen und wild klopfendem Herzen sah sie auch die anderen Zeitungsausschnitte durch.

POLIZEI WARNT VOR BABYSITTER-ÜBERFÄLLEN NACH DRITTEM TÄTLICHEM ANGRIFF.

BABYSITTER GIBT KINDESENTFÜHRUNG ZU.

BABYSITTER VERANTWORTLICH FÜR KINDSTOD.

Sämtliche der fein säuberlich ausgeschnittenen Artikel handelten von diesen Babysittergeschichten. Es waren Dutzende davon in dem Schuhkarton, und sie alle berichteten von diesen Übergriffen.

Leider war es zu dunkel, um auch die Texte lesen zu können, die Überschriften waren aber eindeutig. Jenny konnte immerhin erkennen, dass einige Worte rot umrandet waren. Schließlich nahm sie die Schachtel hoch und hielt ein paar Ausschnitte dicht an ihre Augen, um die Markierungen lesen zu können.

Die Namen!

Die Namen der Babysitter waren rot umrandet.

»Nein!«, stieß Jenny hervor und ließ die Schuhschachtel fallen, wobei viele Zeitungsausschnitte herausfielen und sich auf dem Läufer vor dem Schrank verteilten.

Warum hatte Mr. Hagen diese Artikel gesammelt? *Er muss VERRÜCKT sein, und ich muss hier raus!* sagte sich Jenny. Sie hob ihre Jacke auf und drehte sich um, als sie ihn direkt hinter sich stehen sah. »Huch!«

Ob er die Schachtel mit den Zeitungsausschnitten gesehen hatte? Wusste er, dass sie wusste, was darin war?

»Können wir gehen?« Mr. Hagen zog sich schwarze Lederhandschuhe an und sah jetzt wieder unheimlich ruhig und gefasst aus, sodass Jenny nicht sagen konnte, ob er etwas mitbekommen hatte. Schnell stand sie auf und schloss die Schranktür. Vielleicht war ihm die Unordnung auf dem Boden gar nicht aufgefallen. Aber Jenny vermochte es nicht zu sagen.

»Fertig?«, fragte er nun noch einmal.

»Nein … äh … Sie müssen doch immer so weit fahren, Mr. Hagen, und Sie sehen wirklich müde aus«, sagte Jenny voller Panik. »Ich kann heute Abend doch den Bus nehmen.« Sie wollte nicht mit ihm fahren müssen. Nicht heute. Nie wieder. Nicht, nachdem sie seine Sammlung gesehen hatte.

Aber er schüttelte den Kopf. »Kommt nicht in Frage, dass du mit dem Bus fährst.« Dann nahm er ihr die Jacke aus der Hand und half ihr hinein. Als Jenny sich wieder zu ihm umdrehte, gegegnete sie seinem durchdringenden Blick, den sie nicht einordnen konnte.

»Es macht mir wirklich nichts aus, Mr. Hagen ...«

»Ich will nichts mehr davon hören, dass du den Bus nimmst. Du kommst mit mir.« Er runzelte die Stirn, drehte sich um und sagte auf dem Weg zur Tür noch einmal ganz ruhig: »Gehen wir!«

20.

»Gute Nacht, Jenny. Bis Donnerstag«, rief ihr Mrs. Hagen aus Donnys Zimmer hinterher. »Mike – und dass du mir nicht zu hart mit ihr ins Gericht gehst!«

Jenny wollte stehen bleiben und Mrs. Hagen um Hilfe bitten. ›Bitte lassen Sie mich nicht mit ihm fahren!‹ hätte sie am liebsten gesagt. ›Ich glaube, er ist verrückt. Ich hab die Zeitungsausschnitte gesehen! Bitte zwingen Sie mich nicht, mit ihm nach Hause zu fahren!‹ Aber sie nahm sich zusammen und antwortete einfach nur leise: »Gute Nacht, Mrs. Hagen.«

War ihre Fantasie mal wieder mit ihr durchgegangen? Was hatten die Zeitungsausschnitte schon groß zu bedeuten? Natürlich war Mr. Hagen nervös und leicht aufzuregen, aber abgesehen von seiner Nervosität hatte er ihr immer einen ganz freundlichen Eindruck gemacht. Und ganz sicher liebte er sein Kind.

Die Zeitungsausschnitte konnte er aus vielerlei Gründen aufgehoben haben. Es musste nicht bedeuten, dass er durchgeknallt war.

Als sich Jenny auf den Beifahrersitz setzte und Mr. Hagen lächelnd die Tür schloss, fühlte sie sich schon ein bisschen besser. *Ich bin einfach nur total erledigt*, stellte sie fest. *Ich muss mich jetzt beruhigen.*

»Das war vielleicht eine Nacht, was?«, stellte Mr. Hagen kopfschüttelnd fest, als er sich neben Jenny hinters Lenkrad setzte. »Was für eine Nacht!« Dann fuhr er rückwärts aus der Auffahrt und die Edgetown Lane entlang.

Müde lehnte Jenny den Kopf gegen die Nackenstütze und schloss die Augen. Erst ein lautes Klicken ließ sie ihre Augen wieder öffnen und sich aufsetzen. Mr. Hagen hatte die Türen verriegelt.

Komisch, dachte Jenny, *das hat er doch noch nie gemacht.*

Sie lehnte sich wieder zurück, fest entschlossen, keine neuen Schreckgespenster zuzulassen. Schließlich war nichts dagegen einzuwenden, dass er die Türen verriegelte, es war sogar sehr umsichtig von ihm.

Mr. Hagen schwieg. Er fragte nicht nach ihren Freunden und las ihr auch nicht die Leviten. Als Jenny etwas später zum Fenster hinaussah, wusste sie nicht, wo sie waren. »Ist das noch die Millertown Road?«

»Nein«, antwortete Mr. Hagen leise.

Jenny wartete auf eine Erklärung, aber er fuhr einfach nur weiter. Es waren weder Häuser noch Geschäfte zu sehen. Gelegentlich konnte Jenny eine Scheune, ein Silo oder das eine oder andere Bauernhaus erkennen, soweit die Dunkelheit es zuließ.

»Wo sind wir? Sieht aus, als würden wir aus der Stadt rausfahren!«, fragte Jenny, die nun kerzengerade dasaß und überhaupt nicht mehr müde war.

Mr. Hagen schwieg noch immer. Er hielt den Blick nur starr auf die flache, schnurgerade Straße gerichtet.

»Mr. Hagen, warum fahren wir hier lang?« Die Angst in ihrer Stimme war nicht zu überhören.

»Ich fahre sehr schnell«, sagte er schließlich. »An deiner Stelle würde ich nichts versuchen.«

»Wie bitte?« Jenny war nicht sicher, ob sie ihn richtig verstanden hatte. Das konnte er doch nicht wirklich gesagt haben. Sie lehnte sich ein wenig nach vorn, um auf den Tacho sehen zu können. 140.

»Bitte, Mr. Hagen ...«

»Tut mir Leid, dass du meine Zeitungsausschnitte entdeckt hast«, sagte er. Seine Stimme klang ganz ruhig, ohne jegliches Gefühl. »Aber das ist jetzt auch egal.«

»Ich ... ich habe überhaupt nichts gesehen«, log Jenny. Sie wusste, dass sie ganz und gar nicht überzeugend klang. »Bitte ..., wo bringen Sie mich hin?« Dabei dachte sie: *Ich muss hier raus. Aber wie soll ich das bloß anstellen?*

»Bitte, Mr. Hagen«, flehte sie und zwang sich, ihre Stimme einigermaßen ruhig zu halten, nicht zu weinen und nicht zu schreien. »Bitte, bringen Sie mich jetzt nach Hause.«

Aber er fuhr einfach weiter, die großen Hände auf dem Lenkrad, und sagte nichts.

Er ist verrückt, dachte Jenny. *Er ist verrückt und hat gerade einen Anfall. Wo bringt er mich bloß hin? Was hat er mit mir vor?*

Während sie aus dem Fenster starrte, beruhigte sie sich immer wieder: *Ich komm hier raus. Es wird alles gut.*

Sie befanden sich bereits schon weit außerhalb der Stadt und fuhren dem Ödland entgegen – dort, wo die Felder aufhörten, wo keine Bäume mehr wuchsen, wo niemand wohnte und niemand hinkam.

»Ich leiste dir gleich Gesellschaft«, flüsterte Mr. Hagen plötzlich, ohne Jenny anzusehen. Es schien, als redete er mit sich selbst. Dabei lächelte er merkwürdig zufrieden. »Hab' keine Angst, ich leiste dir gleich Gesellschaft.«

»SIE waren das?«, schrie Jenny entsetzt.

»HALT DEN MUND!«, brüllte er mit einem Mal außer sich vor Wut und gab Jenny eine schallende Ohrfeige. Ihre Wange brannte wie Feuer. In Windeseile breitete sich der Schmerz in ihrem Kopf aus und lief dann den Nacken hinunter. Das laute Klatschen hatte Jenny allerdings mehr überrascht als die Ohrfeige selbst. Doch sie war zu verstört und ängstlich, um zu schreien.

»Ich habe versucht, dich zu warnen«, flüsterte Mr. Hagen. Seine Stimme klang jetzt genauso wie die des anonymen Anrufers. Dieselbe Reibeisenstimme. »Aber jetzt kriegst du, was du verdienst.«

»Aber ich habe doch gar nichts getan!« schrie Jenny. Ihre Kopfschmerzen waren mittlerweile unerträglich geworden. Sie wandte sich ab und starrte zum Fenster hinaus, als würde Mr. Hagen dadurch verschwinden, wenn sie ihn nicht mehr ansehen musste, als löste sich dieser ganze böse Traum dann im Nichts auf.

»Wir hatten noch ein Kind«, sagte er, immer noch in dem heiseren Flüsterton. »Wir hatten noch ein Kind. Ein kleines Mädchen. Es war erst zwei Jahre alt. Aber sein Babysitter war nicht schnell genug, nicht clever genug, nicht GUT GENUG!«

Jenny reagierte nicht auf seine Worte. Sie erinnerte sich nur an das Mädchen auf der Fotografie, das Kind, das genauso ausgesehen hatte wie Donny.

»Mein kleines Mädchen musste sterben«, fuhr Mr. Hagen fort. »Und jetzt bist du dran.«

Unvermittelt bremste er und Jenny, die vergessen hatte, sich anzuschnallen, schlug mit dem Kopf hart aufs Armaturenbrett auf. Die Räder quietschten, während der Wagen mehrere hundert Meter dahinschlidderte, schließlich ein wenig ausbrach und dann zum Stehen kam.

Als sie wieder aufsah, riss Mr. Hagen bereits ihre Tür auf, packte sie am Anorak und zerrte sie aus dem Wagen. Mr. Hagen war viel zu groß und stark, als dass Jenny eine Chance gegen ihn gehabt hätte.

»Lassen Sie mich los!«, sagte sie leise. Es war eine fast lautlose, flehentliche Bitte.

Wieder ohrfeigte er sie und erwischte sie diesmal hart am Kinn, sodass ihr Kopf in den Nacken sank. Dann packte er sie bei den Schultern und zerrte sie vors Auto, ins grelle Licht der Scheinwerfer. »Beweg dich!«, befahl er und stieß sie vorwärts. Jenny stolperte und fiel hin, aber Mr. Hagen zerrte sie wieder hoch.

Langsam gewöhnten sich ihre Augen an das helle Licht. Sie ging jetzt auf felsigem Boden. Zwei Schritte weiter, dann noch einmal drei. Jetzt wusste sie, wohin er sie gebracht hatte. Sie waren im alten verlassenen Steinbruch, ungefähr fünfzehn Kilometer außerhalb der Stadt.

Um sie herum herrschte Totenstille. Nur das Scharren ihrer Sohlen auf dem felsigen Boden und ihr Atem waren zu hören. Noch lief sie im Licht der Scheinwerfer, doch plötzlich hörte es auf.

»Nein!«, schrie Jenny, die jetzt wusste, warum der Lichtstrahl vor ihr abbrach. Er verlor sich am Abgrund in den gähnenden Tiefen des verlassenen Steinbruchs.

»Beweg dich!«, wiederholte Mr. Hagen und gab ihr einen kräftigen Stoß, der sie direkt zu der Stelle beförderte, wo die Dunkelheit begann.

Jenny sah hinunter. Es ging wenigstens dreißig Meter steil nach unten.

»Warum?«

»Du bekommst nur, was du verdienst, Jenny!«, brüllte Mr. Hagen.

»Ich habe kein einziges Kind getötet!«, schrie Jenny zurück.

Der gähnende Abgrund vor ihr war ebenso Furcht einflößend wie Mr. Hagen, der hinter ihr satnd. Seine Miene war eiskalt, ohne jegliche Regung. Er sah aus wie einer dieser grässlichen wandelnden Leichname, die mit vor Wut weit aufgerissenen, funkelnden Augen durch die Horrorfilme staksten.

»Emilie ist gestorben, und du wirst mir dafür büßen.« Während des Sprechens bewegten sich seine Lippen nur wenig.

»Ich habe doch gar nichts getan!«, schrie Jenny verzweifelt.

»Deine Zeit ist abgelaufen.«

»Nein, Mr. Hagen! Bitte nicht!«

Er schien sie nicht mehr zu hören, schien völlig abwesend zu sein.

»Nein, bitte nicht!«

»Auf Wiedersehen, Jenny.«

»Tun Sie das nicht, Mr. Hagen! Denken Sie doch mal an Donny! Denken Sie an ...«

»Springst du jetzt endlich, oder soll ich dich hinunterstoßen?«

Was? Ließ er ihr etwa die Wahl? Konnte sie ihn noch ein wenig hinhalten?

»Du musst dich rasch entscheiden, Jenny! Springst du freiwillig oder soll ich nachhelfen?«

»Mr. Hagen, bitte hören Sie mich ...«

»Okay, wie du willst.« Er hob die Arme und kam auf sie zu.

Aus Angst trat Jenny einen Schritt nach vorne und stand nun direkt an der künstlichen Klippe. Ihr linker Absatz hing schon in der Luft.

Verzweifelt bemüht, ihr Gleichgewicht wiederzufinden und mehr festen Boden zu gewinnen, wich Jenny ein wenig zurück, aber Mr. Hagen ließ es nicht zu. Er kam ganz langsam näher, bereit, zuzustoßen. Sie sah, wie sich allmählich ein Lächeln auf seinem Gesicht ausbreitete. Er genoss ihre Angst.

»Stehen bleiben, Hagen!«, rief da plötzlich eine Männerstimme.

Erschrocken wirbelte Mr. Hagen herum. Jenny, die sich ebenfalls nach der Stimme umgedreht hatte, konnte nichts erkennen. Die Scheinwerfer blendeten sie.

»Wer ist da?«, rief Mr. Hagen und spähte in die Dunkelheit. Dann trat ein Mann ins Licht der Scheinwerfer. Jenny erkannte das karierte Holzfällerhemd. *Willers!* Was wollte der denn hier? Sie etwa auch umbringen? Er hatte eine Pistole in der Hand und kam ein paar Schritte näher.

»Was machen Sie denn hier?«, fief Mr. Hagen ärgerlich.

»Sie davor bewahren, Ihr Leben zu ruinieren«, antwortete Willers und fuchtelte mit der Waffe.

Mr. Hagen warf den Kopf zurück und lachte, es war ein übertriebenes Lachen.

Jenny versuchte, sich vom Abgrund wegzubewegen. Aber Mr. Hagen versperrte ihr immer noch den Weg. Ihr war schwindelig und in ihrem Kopf drehte sich alles.

»Mein Leben ist schon ruiniert«, sagte Mr. Hagen bitter.

»Daran kann ich leider auch nichts ändern«, entgegnete Willers und ging vorsichtig einen Schritt weiter. »Aber ich kann Sie davon abhalten, einen weiteren Mord zu begehen.«

»Nein, das können Sie nicht«, erklärte Mr. Hagen ganz ruhig. Er holte aus, um Jenny einen Stoß zu versetzen. Geistesgegenwärtig ließ Jenny sich zur Seite fallen, was zur Folge hatte, dass Mr. Hagen das Gleichgewicht verlor und in den Abgrung stürzte. Sein Schrei wurde immer leiser, bis nur noch der Aufprall zu hören war. Danach war alles still.

Das Ganze war so schnell gegangen, dass es Jenny total unwirklich vorkam. Aber Mr. Hagen war tatsächlich nicht mehr da. Stattdessen sah sie nur die grellen Scheinwerfer. Dann erschienen zwei Beine, die schnell auf Jenny zukamen. Kurz darauf beugte sich Willers mit seinem dunklen Stoppelbart über sie. »Ist mit dir alles in Ordnung?«

Zuerst verstand Jenny gar nicht, was er damit sagen wollte. Immer noch hatte sie den sirenenartigen Schrei von Mr. Hagen im Ohr, der dem dumpfen Aufprall seines Körpers vorausgegangen war.

»Kannst du aufstehen?«

Welche Sprache sprach dieser Mensch? Was machte er überhaupt hier draußen mitten in der Nacht am Abgrund des alten Steinbruchs?

Und dann, ganz plötzlich, während Willers ihr die Hand reichte, um ihr aufzuhelfen, begriff sie, was er gesagt hatte, und sie antwortete: »Ja, es geht mir gut.«

Geradezu überrascht vernahm sie ihre eigene Stimme. Was hatte sie denn erwartet? Dass sie schon tot war?

Ja, das musste es wohl gewesen sein.

Aber jetzt war Mr. Hagen tot und lag da unten im Steinbruch.

»Ich bin unverletzt«, sagte Jenny zu Willers und rappelte sich auf. Er nahm sie beim Arm, und Jenny dachte zuerst, Willers wollte sie stützen. Doch dann stellte sie fest, dass er sich an ihr festhielt. Sie konnte im Scheinwerferlicht sehen, wie erschüttert er war.

»Ich …, ich hab' versucht, ihn aufzuhalten«, stammelte er mit zitternder Stimme. »Ich hab' versucht, ihn aufzuhalten. Ich wollte ihn retten.«

»Sie konnten nichts tun«, sagte Jenny leise, bemüht,

den strengen Geruch nach kaltem Zigarrenrauch zu ignorieren, der Willers Hemd entströmte.

Sie zitterte. Die Luft war eisig und kalter Schweiß stand ihr auf der Stirn, nachdem sie dem Tod so knapp entronnen war. Während sich Willers immer noch an ihr festhielt, führte er sie langsam zu seinem Wagen, den er einige Meter hinter Mr. Hagens Auto im Dunkeln geparkt hatte. Vorher schaltete er noch das Licht von Mr. Hagens Wagen aus. Daraufhin wurde es stockdunkel, und Jenny sah zum Himmel auf. Neumond.

Langsam ging sie weiter, wobei sich ihre Augen allmählich an die Dunkelheit gewöhnten. Sie lauschte dem Geräusch ihrer Sohlen auf dem harten Untergrund. Nie zuvor war ihr bewusst geworden, wie gut sich das anhören konnte – so solide, so wirklich, so lebendig.

»Ich sollte mich vielleicht vorstellen«, sagte Willers, als sie bei seinem reichlich mitgenommenem alten Wagen angekommen waren. »Du ahnst wahrscheinlich schon, dass ich nicht Willers heiße und auch nicht der Nachbar der Hagens bin.«

»Ja«, sagte Jenny zitternd und fasste nach der Türklinke. Sie wollte unbedingt einsteigen, weil es im Auto bestimmt wärmer war.

»Mein Name ist Ferris, Leutnant Ferris.«

»Sie sind der Polizist?«

»Ja, genau. Ich gehöre zur Stadtpolizei. Mir war dieser Fall übertragen worden.«

»K-k-können wir jetzt einst-st-steigen?«, stammelte Jenny. »Ich fühl' mich echt nicht gut.«

»Oh, tut mir Leid!«, sagte Willers-Ferris, öffnete Jenny die Tür, und sie sank erleichtert auf den Sitz. Der Wagen sprang erst beim zweiten oder dritten Versuch an, und Ferris ließ den Motor eine Weile leer laufen, bevor sie zurück auf die Straße fuhren.

»Wo bringen Sie mich hin?«, wollte Jenny wissen, die immer noch am ganzen Körper zitterte, weil ihr einfach nicht warm wurde. »Auf die Polizeiwache?«

»Nein, nach Hause. Ich glaube, für heute Abend hast du genug Aufregung gehabt.«

»Woher …, woher wussten Sie, dass er …?«

»Ich habe das Haus der Hagens schon seit einiger Zeit beobachtet. Gleich nachdem es mit den Beschwerden losging.«

»Was für Beschwerden?«

»Ich sollte vielleicht lieber sagen ›tätliche Übergriffe‹, die Überfälle auf Babysitter, meine ich.«

»Mr. Hagen hat alle Ausschnitte darüber gesammelt«, sagte Jenny, in deren Kopf sich die Bilder des Abends jagten.

Überrascht sah Ferris sie an. »Was für Ausschnitte?«

»Zeitungsausschnitte, ganz oben in seinem Kleiderschrank.«

»Hagen war von Anfang an einer unserer Hauptverdächtigen«, erklärte Ferris ihr. »Vor zwei Jahren kam seine Tochter auf geheimnisvolle Weise ums Leben. Die Todesursache wurde nie geklärt. Hagen ist damals völlig ausgerastet und hat die Babysitterin für den Tod seiner Tochter verantwortlich gemacht. Sie war unschuldig, doch Mr. Hagen ist auf sie losgegangen und hat sie regelrecht zusammengeschlagen. Das Ganze ging vor Gericht, aber er kam sozusagen mit einem blauen Auge davon, weil man ihm für den Zeitpunkt der Tat Unzurechnungsfähigkeit bescheinigte, verursacht durch den Schmerz über den Verlust seiner Tochter. Er ist dann auf die andere Seite der Stadt gezogen und hat einen neuen Job angenommen. Als es vor einigen Monaten mit den Übergriffen auf Babysitter losging, war er sofort der Hauptverdächtige.«

»Als Sie mir damals von der Bushaltestelle nachgerannt sind …« Jenny versuchte, sich Klarheit über die Geschehnisse der vergangenen Wochen zu verschaffen.

»Da wollte ich dich warnen«, erklärte Ferris. »Aber nachdem du weggelaufen warst, habe ich es mir anders überlegt. Ich beschloss abzuwarten, was Hagen mit dir vorhat.«

»Sie haben mich benutzt?«

»Ja, ich glaube, so könnte man das auch bezeichnen.«

»Wie konnten Sie mir das nur antun?«, schrie Jenny außer sich.

»Bitte«, murmelte er leise, »hab' ein Nachsehen. Das Ganze ist nicht so ausgegangen wie ich gehofft hatte. Glaub mir.«

Jenny erkannte, dass sie keinen Grund hatte, auf Ferris böse zu sein. Er hatte nur seinen Job gemacht und abgesehen davon, ihr das Leben gerettet.

Sie lebte!

Sie lebte und Mr. Hagen lag zerschmettert auf dem felsigen Grund des Steinbruchs.

»Die arme Familie«, sagte Jenny mit tränenerstickter Stimme.

»Auch die andern hatten's nicht leicht«, erwiderte Ferris bitter, stoppte den Wagen und zog die Handbremse an.

»Warum halten wir hier an?«, fragte Jenny misstrauisch.

»Weil du zu Hause bist«, entgegnete er müde lächelnd.

Jenny sah hinaus. Tatsächlich. Sie standen in ihrer Einfahrt.

Der Polizist begleitete Jenny hinein, und noch bevor sie ihn ihrer Mutter vorstellen konnte, wurde sie stürmisch von ihr umarmt. Mrs. Jeffers hielt ihre Tochter eine Weile ganz fest und fragte schließlich: »Ist mit dir alles in Ordnung, Kind? Wo bist du bloß gewesen? Chuck hat gesagt, er wäre vor über einer Stunde bei den Hagens weggefahren.«

»Das ist alles eine lange, traurige Geschichte, Mom. Aber jetzt ist es vorbei. Übrigens, darf ich dir Leutnant Ferris vorstellen?«

Mrs. Jeffers gab ihm die Hand. »Danke, dass Sie mir meine Tochter zurückgebracht haben.«

»Ich bin vor Angst ganz verrückt geworden«, erklärte da plötzlich Chuck, der aus der Küche aufgetaucht war und nun einen Arm um Jenny legte. Sie schmiegte sich an ihn und fragte ihre Mutter: »Könntest du uns vielleicht was Heißes zu trinken machen, Mom? Ich zittere immer noch am ganzen Körper.«

Während Mrs. Jeffers Tee kochte, erzählte Leutnant Ferris, was sich zugetragen hatte. Und nachdem Mrs. Jeffers ihre Tochter wenigstens ein Dutzend Mal gefragt hatte, ob auch tatsächlich alles in Ordnung sei, nahm sie sie noch einmal erleichtert in die Arme. Plötzlich ließ sie sich ganz benommen auf einen Küchenstuhl sinken und meinte: »Was für eine traurige Geschichte.«

»Ja, das stimmt«, gab Ferris ihr leise Recht. »Und sie wird noch trauriger. Jetzt muss ich nämlich zu Mrs. Hagen, um ihr zu sagen, was passiert ist. Ich komm' morgen früh vorbei und nehm' dich mit auf die Polizeistation, damit du deine Aussage machen kannst, in Ordnung? Versuch in der Zwischenzeit ein bisschen zu schlafen.«

Nachdem Ferris gegangen war, saßen Jenny, ihre Mutter und Chuck noch eine Weile in der warmen Küche und tranken den wohltuend warmen Tee. Es fiel ihnen schwer, sich zu unterhalten. Jeder dachte darüber nach, wie knapp Jenny in dieser Nacht dem Tod entronnen war.

»Schön, hier zu sein«, sagte Jenny schließlich und nippte an ihrer Tasse.

»Ja«, stimmte Chuck ihr zu. »Das ist eine hübsche Küche.«

»Ich meinte eigentlich, es ist schön, noch am Leben zu sein«, erklärte Jenny und lächelte ihn an.

»Oh, natürlich«, murmelte Chuck und wurde rot.

»Ich glaube, von jetzt an wird alles gut«, fuhr Jenny fort, ohne Chuck aus den Augen zu lassen. »Ich denke nicht, dass ich mir meine Welt auch weiterhin zusammenfantasieren muss. Die Wirklichkeit ist interessant genug!«

Chuck lächelte und Jennys Mutter sagte: »Aber das Wichtigste ist, dass dir nichts passiert ist, Jenny. Du bist hier und es geht dir gut. Ach, da fällt mir was ein! Mrs. Milton hat angerufen, du weißt schon, die Frau mit den Zwillingen am Ende der Straße. Sie hätte gern, dass du nächsten Freitag bei ihr babysittest.«

Ungläubig sah Jenny ihre Mutter an. »Mama, ich … nun … ich … Ich denke, ich muss ihr absagen.«

»Richtig so«, pflichtete Chuck ihr bei und nahm Jennys Hand. »In Zukunft hat sie freitags nämlich schon eine Beschäftigung als Babysitter, Mrs. Jeffers.«

»Wie bitte?« Verwirrt blickte Jennys Mutter zwischen den beiden hin und her.

»Von nun an ist sie meine Babysitterin!«, verkündete Chuck und war der Einzige, der darüber lachen konnte.

»Danke, Chuck«, meinte Jenny schließlich, als er sich wieder beruhigt hatte. »Das war ein furchtbar schlechter Scherz am Ende eines furchtbar schlechten Abends.« Und dann zog sie ihn aus der Küche und begleitete ihn zur Haustür.

Dabei hielt sie seine Hand und lehnte sich müde an ihn, bevor sie ihm noch einen Gutenachtkuss gab.